DAS MEERMÄDCHEN
Hörst du deine Seelenheimat rufen?

BELINDA K. ZEISEL

Das Meermädchen

Hörst du deine Seelenheimat rufen?

Belinda K. Zeisel

1. Edition, 2023

Bibliografische Information der Deutschen Nationalbibliothek: Die Deutsche Nationalbibliothek verzeichnet diese Publikation in der Deutschen Nationalbibliografie; detaillierte bibliografische Daten sind im Internet über dnb.dnb.de abrufbar.

Herstellung und Verlag: BoD – Books on Demand, Norderstedt

ISBN: 9783758321979

Text: Belinda K. Zeisel
Geschichtenweberin | Seelenreisende | Medizinfrau
Email: b.zeisel@gmx.net
Web: www.belindazeisel.com

Lektorat: Textreise – Janna Block, www.textreise.de
Buchsatz: Sabrina Milazzo, www.sabrinamilazzo.net
Grafik Seite 223 von rawpixel.com auf Freepik
Coverdesign: Carmen Schneider –www.covermanufaktur.art

Ich widme dieses Buch
meinen Ahnenschwestern.

Sie waren es,
die mir den Weg ebneten.
Sie waren es,
die mir Kraft gaben.
Und sie waren es,
die diese Gabe in sich trugen und
nicht nach außen geben durften
oder konnten.

Möge ich die Ehre haben,
durch sie schreiben zu dürfen.
Möge auf diese Art und Weise,
Heilung geschehen.

Inhaltsverzeichnis

Einleitung

Tief in dir,
existiert ein Ort,
an dem du einfach bist.

An dem du eintauchst,
in die Urquelle deines Seins.
Hier verbindet sich deine Seele mit der Göttlichkeit.
Hier nährst du dich an deiner heiligen Quelle,
die niemals versiegt.

Tauche ein.
Verbinde dich mit all deinen Erfahrungen,
deinen Ahnen und deinen vergangenen Leben.
Mit deinem gesamten Sein.

Tauche ein.
Erinnere dich an das allumfassende Urwissen
in dir – an deine Göttlichkeit.

Tauche ein –
in deine magische Seelenheimat.

Denn tief in dir,
existiert ein Ort,
der einfach. Immer. Ist.

Fühlst Du dich gerufen?

Liebst du das Meer und kannst dort besonders kraftvoll auftanken? Wirst du vom Meereswind tief in deinem Herzen berührt? Hörst du Wellen, die dir Gedichte zuflüstern? Siehst du manchmal schillernde Meereswesen, die dir zuwinken? Träumst du mehrfach und intensiv vom Meer? Ruft es dich irgendwie auf mysteriöse Art und Weise zu sich?

Ja?
Dann wollte dieses Buch
für genau DICH geschrieben werden!

Liebst du es, wenn der Wind dir zärtlich übers Gesicht streicht? Deine Haut sanft liebkost? Verlierst du dich beim Beobachten von schwebenden Schneeflocken und tanzenden Blättern? Vergisst du Zeit und Raum, wenn du vorbeiziehende Wolken am Himmelszelt beobachtest? Hörst du die magischen Botschaften des Windes und siehst sanft gleitende Wesen, die dich auffordern mitzukommen?

Ja?
Dann wollte dieses Buch
von exakt DIR gelesen werden!

Liebst du es, wenn der erste samtweiche Sonnenschein im Frühling sanft über dein Gesicht streicht? Wenn Sonnenstrahlen deine Haut erwärmen, während du im duftenden Gras liegst? Kennst du es, wenn die Sonne dich schon am Morgen nach draußen lockt, um mit ihren goldenen Strahlen zu tanzen? Spürst du, wie die Luft vibriert, wenn ein Gewitter aufzieht? Kannst du die Botschaften der Lichtwesen in deinem Herzen entziffern? Hörst du das Flüstern und Kichern zauberhafter Figuren im Kornfeld?

Ja?
Dann wollte dieses Buch
genau DICH damit berühren!

Liebst du den Duft der Erde, wenn es regnet? Spürst du den Herzschlag von Mutter Natur, wenn du auf ihrem heiligen Boden liegst? Spürst du die Liebe in deinen Händen, wenn du Erde zwischen deinen Fingern zerreibst? Ehrst du die wunderbaren Wesen und Energien auf unserem Planeten? Hörst du ihre Melodien? Singst du ihre alten Lieder? Gehst du am liebsten barfuß durch die Wiesen? Lauschst du andächtig den mystischen Geschichten alter Baum- und Erdgestalten?

Ja?
Dann wollte dieses Buch
in speziell DEINEN Händen landen!

Liebe Menschenseele,
dieses Buch hat dich gerufen!
Du hast es gekauft, geschenkt bekommen oder es ist auf sonst irgendeine wunderbare Art und Weise bei dir gelandet. Es hat einen bestimmten Grund, warum es gerade jetzt bei dir ist. Sei dir dessen gewiss. Wertvolle Impulse, herzenstiefe Berührungen und wundervolle Botschaften wollen genau jetzt zu dir gelangen!

Ein Ort voller Zauber und Magie

Nie hätte ich mir vorstellen können, dass es diesen sagenumwobenen und so machtvollen Ort wirklich gibt.

Bist auch du neugierig geworden auf diesen Ort? Sehnst du dich danach, ihn zu sehen, zu erleben?

Dort, wo alle Farben funkelnd tanzen und zärtliche Klänge, sich in deine Zellen singen. Wo deine Augen zu leuchten beginnen und dein Herz mit Liebe und Lebenslust geflutet wird. Dort, wo du Antworten auf all deine Fragen findest, gehalten und getragen wirst. Dort, wo du mit kraftvollen Energien hochschwingst, die deine Seele zum Singen verführen.

Nein, ich träume nicht.

Und nein, ich habe keinen, durch irgendeine ominöse Substanz bezogenen, Sinnesrausch. Keine Angst.

Ich bin »nur« eine tief fühlende und seelenberührte Frau, die sich getraut hat, auf eine außergewöhnliche Abenteuerreise zu gehen.

Eine, die es gewagt hat, auf ihr Herz zu hören, und ausnahmsweise mal nicht ihrem Kopf die Zügel übergeben hatte.

Dieser Ausflug hatte mehr mit echter Wandlung zu tun, als die ständig aufploppenden und hoch gehypten »Verändere-dein-Leben-in-3-Tagen-Kurse«, die es zurzeit wie Sand am Meer gibt. (Ich darf das sagen, denn ich habe solche Kurse zuhauf besucht.)

Hand aufs Herz, ich kann ohne Übertreibung sagen: Dieses Abenteuer führte mich in einen Bereich, der magischer nicht sein kann! Früher hätte ich es schlicht nicht für möglich gehalten, dass so ein fantastischer Ort wirklich existiert. Doch nun weiß ich es besser. Es gibt ihn wirklich, diesen wunderbar mystischen Platz! Möchtest du gerne wissen, wo dieser Ort ist?

Er ist in mir. In dir. In uns allen!

Er ist tief verankert in deiner Innenwelt. Es ist eine Art Urheimat, zu der jeder Zugang hat. Und ihn findet. Auch du – wenn du danach suchst und bereit bist. Und wenn du dich entscheidest, ihn finden zu wollen!

Hier kannst du dich stärken, nähren und kräftigen. Hier findest du Antworten, Wissen und all deine verdrängten Urinstinkte (von denen du wahrscheinlich nicht einmal ahnst, sie in dir zu tragen). Hier ist der Ursprung deiner Kreativität, deiner Potenziale, deiner Lebenskraft. Es ist ein Platz, an dem du dich jederzeit mit der wahrhaftigen göttlichen Quelle verbinden kannst.

Es ist deine Seelenheimat, tief in dir. Deine innere Heimat! Dein dir innewohnendes Seelenmeer, weit und tief wie der Ozean selbst und genauso geheimnisumwoben. Die Tiefe deiner Seele und die Weite deines Herzens sind dort beheimatet.

Komme auch du dorthin! Kehre auch du regelmäßig in deine Seelenheimat zurück. Wage dieses Abenteuer!

Warum?

- um deine Grenzen zu sprengen
- um Neues zu wagen.
- um dein Leben umzukrempeln und es zu verbessern
- um ganzheitlich gesund zu werden und es auch zu bleiben (!)

Denn tust du das nicht (und zwar regelmäßig),

- dann verkümmerst du im Außen
- hast weniger Energie

- triffst falsche Entscheidungen
- hörst die Stimme deiner Intuitionen nicht mehr
- lauschst der Stimme deines Herzens immer weniger und bist nicht mehr imstande deinem Seelenplan zu folgen, den du dir (als Seele) vorgenommen hast, hier auf Erden zu gehen.

Wie dieses Buch zu verstehen ist

Ich lade dich ein, dieses Buch nicht zu lesen, sondern es zu spüren, zu ERFAHREN.

Was meine ich damit? Ich bitte dich, dieses Buch NICHT mit deinem Verstand zu lesen, sondern mit deinem Herzen und mit der inneren Weisheit deiner Seele.

Du musst nicht alles verstehen. Nicht alles glauben. Nicht einmal alles mit deinem Denkvermögen erfassen. Lasse dich einfach berühren, dort wo du berührt werden willst. Lasse dich mitnehmen. Mitnehmen, in ferne Welten und tiefe Meere, die du noch nicht kennst. Die dich aufrufen, hier jetzt mit mir zu kommen und dich an all das zu erinnern, was in dir steckt.

Du wirst immer wieder feststellen, dass sich manche Sätze oder Aussagen wiederholen werden. Das ist beabsichtigt, denn es dient dazu, dich tiefer eintauchen zu lassen. Durch ständige Wiederholung prägt sich vieles ein und dringt so viel besser und wahrhaftiger zu dir durch. Manches müssen wir einfach fünfmal zu Ohren bekommen, um es wirklich zu hören und es auf einer tieferen Ebene zu verstehen und zu spüren.

Lasse dich verzaubern und mittragen! Von den Worten, den Texten, der Energie und den Gefühlen, die bei dir auftauchen.

Lasse. dich. einfach. fallen.

Bist du bereit?

Kennst du Sehnsucht?

Eine starke Sehnsucht nach ________________?
(bitte ausfüllen, was dir gerade in den Sinn kommt)

Ja, wonach eigentlich? Kennst du solch ein starkes Sehnen in dir, dass du es nicht einmal benennen kannst? Wünschst du dir insgeheim (viel) mehr Tiefe in deinem Leben? Fragst du dich manchmal, ob es nicht noch mehr im Leben für dich geben müsste?

Ja? Dann wirst du ganz besonders von diesen Worten, Gedichten und Geschichten profitieren. Es ist nun auch für dich Zeit, über die Schwelle zu treten, um dich von außen nach innen zu begeben. In deine innere Welt. In deine Seelenheimat. Bist du so weit?

Ich bitte dich nun, dich fallen zu lassen. Erlaube deinem Verstand, Pause zu machen. Er darf zur Seite treten und sich ausruhen. Er ist eingeladen, es sich am Rand der Bühne auf einem Sessel bequem zu machen, um einfach mal nur zuzuhören.

Wenn du magst, findest du am Ende des Buches wunderbar Platz, für deine eigenen Notizen, Fragen, Anmerkungen oder wichtigen Impuse.

Schließe jetzt deine äußeren Augen und wende deinen Blick nach innen. Öffne deine inneren Augen und staune. Ich lade dich herzlich ein, zu träumen, tief zu tauchen und hochzufliegen.

Bist du bereit?
Dann folge mir jetzt…

TEIL 1

Reise nach Innen

Tief in mir spüre ich ein Sehnen.
Weiß nicht wohin.
Weiß nicht, was tun.
Ich versuche, es zu ignorieren.
Doch es wird laut und lauter.
Kann bald nicht mehr klar denken,
nicht mehr scharf sehen.

Tief in mir drin spüre ich ein Ziehen.
Wie ein mächtiges Gummiband,
das an mir zerrt.
Mich zurück zieht,
je mehr ich nach vorne will.
Jeder Schritt, anstrengend und zäh.
Jede Bewegung lastet drückend auf mir.

Ich fühle mich ausgebrannt.
Wie ein Krug, dessen Inhalt sich leert.
Jeder Gedanke, mühsam und schwer.
Meine Energie liegt hilflos am Boden,
bewegt sich kaum mehr.

Gefangen bin in Vergangenheit und Zukunft.
Weiß weder vor noch zurück.
Weiß nicht wohin, weiß nicht warum.
Fühle mich ausgetrocknet, geknickt und erdrückt.

Doch dann plötzlich spüre ich dich.
Sehne mich nach dir. Höre dich.
Ein sanftes Wispern tief in mir.
Zuerst behutsam und ganz leise.

Dann immer lauter ertönt dein kräftiges Organ.
Bald höre ich nichts anderes mehr.
Nur mehr deinen Ruf, der immer lauter wird.

Deine Aufforderung, zu dir zu kommen.
Ohne Wenn und Aber.
Ohne Ausrede, ohne Plan.
Du streckst deine Hand aus nach mir.
Oh, wie sehr sehne ich mich nach dir.

Vielleicht sollt ich es einfach wagen.
Nicht nachdenken, nur tun.
So bleibe ich stehen.
Lausche still in mich hinein.
Entscheide, zu dir zu gehen.
Dir zu folgen.

Voller Vertrauen nehme ich zart deine Hand.
Lasse mich führen, denn nur du kennst den Weg.
Schließe meine Augen,
denn nur du erfühlst unser Gehen.
So lasse ich mich tragen und gleite dahin,
ganz tief zu einem Ort,
wo meine Magie entspringt.

Hier tanke ich auf und nähre mein Sein.
Nun komme ich nach Hause,
um an meiner Seelenessenz zu trinken.
Da gibt es alles im Überfluss.
Hier sprudelt der Quell der Liebe,
der alles in sich trägt.
Hier gibt es mehr Antworten,
als Fragen, jemals sein könnten.

Hier, in meiner wahren Heimat tief in mir,
tauche ich ins Bodenlose.
Gebe mich hin, versinke in meiner Göttlichkeit.
In meinem echten und wahrhaftigen Sein.

Ein fast normaler Tag

Es war vor langer Zeit und gefühlt doch nur ein paar Tage her.

Damals war ich Technische Assistentin für Gebäudetechnik. Ich zeichnete technische Pläne, stellte Materiallisten aus, führte Kundengespräche und saß in verschiedenen Meetings mit Technikern aus den unterschiedlichsten Branchen. Die meiste Zeit in der Arbeit verbrachte ich vor dem Bildschirm, entweder mit zeichnen oder Recherche und am Telefon.

Größtenteils ging ich recht lustlos ins Büro. Oft war ich energielos, träge und müde, denn ich hatte meinen Job in jener Zeit schon so satt, nur ließ ich diese Gedanken kaum zu, schluckte meine Gefühle hinunter und verdrängte sie für gewöhnlich. Und das recht erfolgreich, will ich meinen. Oh ja, das konnte ich wirklich gut.

»Augen zu und durch«, »Irgendwie geht es schon« oder »Es muss ja so oder so weiter gehen« – solche Sätze sagte ich mir damals ständig. Auf die eine oder andere Weise hielten sie mich aufrecht. Wie wunderbar kontrolliert ich doch war!

Dabei drängten sich immer wieder zuckersüße Tagträumereien dazwischen:

»Eines Tages ist alles anders und dann lebe ich ein völlig anderes Leben. Dann breche ich aus dem Hamsterrad aus und mache nur noch das, was ich will! Und schere mich nicht mehr um die Meinung anderer Menschen.

Irgendwann werde ich am Meer wohnen und endlich wahrhaftig leben. Dann werde ich richtig glücklich sein!«

Davon träumte ich, danach sehnte ich mich. Diese zurecht gesponnenen Gedanken ließen mich meine Arbeitstage überstehen. Ich funktionierte ziemlich auf Autopilot. Lebte aber überhaupt nicht mehr. Zumindest spürte ich mich kaum noch. Dabei kam ich mir auch noch überaus fleißig und diszipliniert vor.

Ja, so war das damals. Leider. Ich schleppte mich von Wochenende zu Wochenende und merkte es nicht einmal. Dabei hätte ich nur hinsehen müssen, aber das tat ich nicht. Ich dachte wirklich, das müsste so sein.

Zumindest fand ich einfach keinen begehbaren Ausweg für mich.

Meine Arbeitsstelle war im 3. Stock eines großen Bürokomplexes. Mit vier manchmal recht anstrengenden Kollegen teilte ich mir das Büro. Ja, okay, im Grunde waren sie alle recht nett. Nur hin und wieder empfand ich sie als nervig, vor allem, wenn ich mir immer dieselben Geschichten anhören musste.

Probleme in der Beziehung, Stress mit dem Single-Leben, mit dem Mann, mit den Kindern. Die Frau meckerte und nörgelte. Der Mann war selten präsent und kümmerte sich zu wenig um alles Mögliche. Die Kinder waren anstrengend, widerspenstig oder aufsässig.

Übliche Gesprächsthemen waren ansonsten: überarbeitet sein, sich einsam fühlen, nicht gehört werden, zu wenig Freizeit, zu wenig Geld, zu viel Arbeit, zu viel Hausarbeit. Alles war irgendwo zu viel oder zu wenig.

Aber darf ich wirklich lästern oder mich über die anderen aufregen? Nein. Ich glaube nicht. Und vermutlich, war ich damals nicht viel anders.

Ich war Single und freute mich auf der einen Seite, dass ich tun und lassen konnte, was ich wollte. Auf der anderen Seite aber beschwerte ich mich auch recht häufig über das Alleinsein.

Mein Geld war so knapp bemessen wie meine Freizeit. Aber Geld allein macht auch nicht glücklich. Zumindest reden wir uns das alle ein.

Tief in meinem Herzen träumte ich von langen und ausgedehnten Fernreisen, aber solche Abenteuer traute ich mir noch nicht wirklich zu. Stattdessen verschlang ich jeden Reisebericht, den ich finden konnte. Vor allem die, von alleinreisenden, mutigen Frauen. Diese Frauen schienen genau das zu haben, was ich mir auch so sehr ersehnte: Selbstbewusstsein, Mut, Freiheit und ein aufregendes Leben.

Somit passte ich wohl genauso zu meinen Kollegen, wie sie zu mir – jammern, aber nicht wirklich den Mut für Veränderung aufbringen.

Aber nun zu jenem Tag, an dem alles begann. Ein völlig normaler Tag. So schien es jedenfalls. Ich erinnere mich noch so gut, als wäre es erst gestern gewesen. Es war ein recht langer und arbeitsintensiver Freitag.

Ich hatte leider wieder einmal verschlafen und kam gleich zwei Stunden zu spät zur Arbeit. Bedauerlicherweise blieb das nicht unbemerkt. Herr Kumarek mein Abteilungsleiter stand, für ihn recht ungewöhnlich früh, im Office und zitierte mich umgehend in sein Büro, als ich gerade verschwitzt und abgekämpft an meinem

Schreibtisch eintraf. Na, das hatte ich auch noch gebraucht.

»Frau Reem, Sie sind schon wieder zu spät! Das ist das wievielte Mal in diesem Monat?«

Noch heute sehe ich seinen lehrerhaften Gesichtsausdruck vor mir und habe seine herablassende Stimme in meinen Ohren. Ich bin einfach nie mit ihm warm geworden. Ohne wirklich eine Antwort abzuwarten, sagte er in gönnerhaftem Ton und mit hochgezogenen Brauen:

»Sie wissen doch auch, Frau Reem, dass ich das der Geschäftsführung melden muss, wenn das so weitergeht? Wo würden wir denn hinkommen, wenn das alle so wie Sie machen würden? Wir brauchen verlässliche Kollegen in unserem Team und wir würden uns doch nur ungern von Ihnen trennen. Das verstehen Sie doch, Lina?«

Mit dieser versteckten Drohung war ich aus seinem Büro entlassen. Vielleicht sollte ich mir doch einen neuen Wecker besorgen?

Meine Kollegen, die mir neugierig entgegensahen, beachtete ich nicht. Stattdessen machte ich mich umgehend an die Arbeit. Was für ein wundervoller Arbeitsbeginn. Meine Laune wurde auch nicht besser, als ich mich in der Frühstückspause mit einem Schokoladencroissant bekleckerte. Ein Schokofleck auf meiner hellgrünen Lieblingsbluse – ganz wunderbar. Dabei hatte ich mir das Gebäckstück nur gegönnt, um meine Stimmung zu heben.

Meine Mittagspause ließ ich an diesem Freitag ausfallen, weil ich gehofft hatte, um 13:00 Feierabend machen zu können. Leider fragte mich Herr Kumarek, ob ich noch einen dringenden Auftrag erledigen könnte, und ich war nach meinem Zuspätkommen, einfach zu feige, nein zu sagen.

So war ich an diesem Tag bis ungefähr 17:00 Uhr im Büro. All meine Kollegen waren schon längst nach Hause gegangen. Meine ständigen Nackenschmerzen wurden immer stärker und ich nahm eine Tablette gegen meine beginnenden Kopfschmerzen. Ich war ganz schön erledigt. Als ich das letzte E-Mail schrieb, schweiften meine Gedanken wieder ab.

Ja, ich benötigte wirklich mehr Zeit für mich und mehr Entspannung. Und zwar dringend.

Ich wünschte mir, regenerieren zu können. Wieder irgendwie aufzutanken. Nur wo? Und wie?

Vielleicht ein paar Wochen Auszeit nehmen? Nein, geht nicht. Keine Zeit.

Ein Kurzurlaub? Kein Geld.

Vielleicht übers Wochenende verreisen? Ist gerade auch sehr ungünstig.

Ein paar Stunden für mich selbst? Ja, das konnte sich ausgehen. Möglicherweise.

An jenem späten Nachmittag im Büro nahm ich mir fest vor, mir ein paar Stunden Zeit nur für mich zu nehmen, um irgendwie wieder zu Kräften zu kommen.

Leider hatte ich mir das schon oft vorgenommen, jedoch nie wirklich durchgezogen. Dabei meinte ich es immer ernst. Nur haperte es dann hauptsächlich an der Umsetzung. Am Durchhalten.

Dieser Job machte mich echt fertig. Es war an der Zeit für etwas Neues. Nur was? Der Beruf, den ich erlernt hatte, machte mir seit Ewigkeiten keinen Spaß mehr. Ich wollte etwas anderes machen. Etwas Neues, wo ich mich wirklich einbringen und kreativ sein könnte. Wo ich einen echten Sinn darin sehen könnte. Aber wo wäre das? In welchem Beruf? Vielleicht doch eine neue Ausbildung machen? Ja, was denn Bitteschön? In meinem Alter? Es schien mir damals alles so aussichtslos! Und bleiern schwer.

Ich verschickte die E-Mail und legte die gewünschten Unterlagen auf den Schreibtisch von Herrn Komarek, der natürlich auch nicht mehr hier war.

Endlich Feierabend! Unkonzentriert packte ich meine Tasche zusammen und machte mich auf den Weg. Vorher wollte ich noch schnell in einen Supermarkt einkaufen gehen. Und dann endlich ab nach Hause, duschen, essen und die Füße hochlegen.

Auf dem Nachhauseweg schrieb ich gedanklich schon eine To-do-Liste für mein freies Wochenende:

- Jobbörse durchsuchen
- Urlaub/Auszeit planen
- Mama anrufen
- Preise für Yogakurse recherchieren
- Haare färben (Farbe mit Grauabdeckung)
- Kleiderkasten ausmisten – Platz schaffen
- gesünder ernähren (!)
- gesunde und schnelle Kochrezepte googeln
- über Heilfasten erkundigen
- Freundinnenabend organisieren
- mich bei Betty melden
- ausspannen (!!!)

Im Supermarkt konnte ich mich – wenig überraschend – nur schwer auf den Einkauf konzentrieren. Ich ließ mich immer wieder von meinen wild umher sausenden Gedanken ablenken. Gemüse. Obst. Saft. Brot. Aufstriche. Wein. Schokolade. Kekse. Wie war das mit gesunder Ernährung? Na ja. Morgen vielleicht.

Ruckzuck war ich mit meinem Einkauf fertig. Ich wollte einfach schnell raus und endlich nach Hause. An der Kasse standen wieder viele an, wie meistens um diese Zeit. Ich ärgerte mich. Das würde wieder ewig dauern. Können die nicht tagsüber einkaufen gehen? Muss das immer abends sein? Oder können sie zumindest etwas schneller machen?

Mein Blick irrte rastlos durch den Supermarkt und glitt gelangweilt durch die Menge. Ich sah überall hektisch und genervt blickende, einkaufende Menschen. Der Witz dabei war, dass ich wohl genauso ausgesehen haben musste.

Meine Aufmerksamkeit blieb an einem blonden, kleinen Mädchen mit einem lustig geflochtenen Zöpfchen im Haar hängen. Sie saß am Ende der vielen Kassen auf einem langen Regal, wo die Lebensmittel in die Taschen gepackt werden konnten. Das goldgelockte Mädchen hatte ein farbenfroh geblümtes Sommerkleid an und rote Schnürschuhe an den Beinen. Sie lutschte genussvoll an einem grellbunten Eis und ließ ihre Füße lustig baumeln. Ihre himmelblauen Augen funkelten und strahlten. Schmatzend schleckte sie vergnügt an ihrem bunten Eis, während ihr Flechtzöpfchen frech hin und her wippte. Sie hob ihr hübsches Köpfchen und guckte mich mit ihrem strahlenden Blick an. Irgendwie schien sie mit ihrem ganzen Körper zu lachen. Das kleine Mädchen wirkte völlig sorglos und total mit sich und der Welt zufrieden. Sie strahlte Fröhlichkeit und pure Lebenslust aus. So sonnig und unbeschwert!

Ihr Anblick rührte mich, berührte etwas tief in mir. Ich vermutete, dass sie meinen Blick spürte, denn sie schaute mir geradewegs in die Augen. Dann lächelte sie mich an und winkte freundlich mit der Hand, als ob sie mich kennen würde. Überrascht lächelte ich zurück und ich weiß noch, wie ich mich an ihrem Anblick erfreute. Was für ein Sonnenschein! Allein sie zu beobachten, brachte mich auf völlig andere Gedanken. Allein sie anzusehen, machte mich ruhiger und fröhlicher. Was war das nur für ein goldiges Mädchen? Für sie war wohl die Welt noch völlig in Ordnung. In welche Familie war sie wohl geboren und welches Leben mochte sie führen?

Meine Gedanken wurden mit einem Mal von der Kassiererin unterbrochen, denn ich war dran, um zu bezahlen. Na endlich.

Als ich mit bezahlen fertig war, suchte ich das Mädchen mit meinen Blicken. Doch sie war weg. Ich hatte sie aus den Augen verloren. So lange hatte ich doch gar nicht gebraucht? Dabei wäre ich auch auf ihre Mama gespannt gewesen. Ob ihre Mutter auch so fröhlich war und und herausstach aus all den Menschen? Ich würde es wohl nicht mehr herausfinden. So schüttelte ich meine Gedanken ab, packte meine Sachen zusammen und machte mich auf den Weg nach Hause.

Daheim bereitete ich mir eilig eine bunte Gemüsepfanne zu. Ich war hungrig und deshalb sollte es schnell fertig sein.

Sogar beim Kochen, dachte ich immer wieder an dieses besondere Mädchen zurück. Sie hatte so glücklich, zufrieden und lebensfreudig gewirkt. Es war bezaubernd gewesen, sie zu beobachten und einfach nur anzuschauen.

Und dann sauste eine Erkenntnis durch meinen Kopf. Dieses Mädchen erinnerte mich daran, wie sehr ich bei mir genau diese Eigenschaften vermisste!

Wie lange hatte ich mich schon nicht mehr unbeschwert gefühlt? Wie lange war es her, dass ich einfach spontan und glücklich war? Wann hatte ich das letzte Mal so gelacht, dass mir der Bauch weh tat? Wann hatte ich mich das letzte Mal so rundum zufrieden und wohl gefühlt?

Puh, das war schon sehr lange her. Ehrlich gesagt, konnte ich mich gar nicht mehr daran erinnern. Diese Gedanken deprimierten mich. Ein dumpfes Gefühl der Traurigkeit hüllte mich ein und ließ sich nicht abschütteln.

Geheimnisvoller Besuch

Als meine Gemüsepfanne fertig vorbereitet war, ging ich duschen. Endlich etwas Zeit nur für mich. Heiß und lang duschen war der Plan, um dann gemütlich die Beine hochzulegen und in Ruhe und Frieden zu essen. Darauf freute ich mich ganz besonders.

Aber auch unter der Dusche drängten sich mir Gedanken auf, die ich gar nicht wirklich haben wollte.

Warum bin ich immer ständig so erschöpft? Wieso fühle ich mich so ausgebrannt?

Warum bin ich eigentlich nicht zufriedener, obwohl ich doch so vieles habe?

Und was genau würde mich denn glücklicher machen?

Kann ich das im Detail beschreiben?

Was zum Teufel bedeutet »Glück« überhaupt?

Diese Gedanken schienen mich an diesem Tag besonders zu verfolgen und machten mich unrund und beinahe aggressiv. Wieso konnte ich nicht mehr aufhören, über solche Dinge nachzudenken?

Im Nachhinein erstaunte mich dies aber nicht. Es war wirklich kein Wunder, berührten diese Überlegungen doch so wichtige Themen in meinem Inneren, die ich nicht ansehen und nicht wahrhaben wollte.

Ich schüttelte diese Gedanken ab und bemerkte, dass ich (wie so oft), vergessen hatte, mir ein Handtuch zurechtzulegen. So trat ich nackt und triefend nass aus der Dusche. Im nächsten Moment fuhr ich vor Schreck zusammen und schrie laut auf. Ich war nicht länger allein im Badezimmer!

Ich konnte es kaum fassen, aber das kleine lebenslustige Mädchen war bei mir im Bad! Wie war das denn möglich? Es saß einfach und unschuldig auf dem Boden an der offenen Badezimmertür. Dabei sah sie mich mit ihren großen blauen Sternenaugen vergnügt an, als wäre es das Normalste auf der Welt hier zu sein.

»Hallo! Du sehnst dich nach mehr Glück? Wie schön! Genau deshalb bin ich hier. Du musst einfach nur nach Hause gehen, dann wirst du wieder glücklich werden«, sagte sie.

Panisch schnappte ich nach Luft und versuchte mich mit meinen Händen notdürftig zu bedecken. Das konnte doch nicht wahr sein! Schnell riss ich ein Handtuch aus dem Schrank und wickelte es mir um meinen nassen Körper.

»Waaaas? Wer bist du??? Wie kommst du in meine Wohnung? Was machst du hier?«

Hatte ich etwa vergessen, die Wohnungstüre abzuschließen? War sie eingebrochen? Womöglich war noch jemand in meiner Wohnung? Meine Gedanken überschlugen sich.

»Ich spüre, dass du sehr unglücklich bist. Lass mich dir helfen. Komm wieder nach Hause. Komm mit mir!«

Mit pochenden Herzen wickelte ich mich fester in mein Badetuch.

»Was soll das heißen? Ich bin zu Hause!!!«

Das Mädchen hörte auf zu lächeln. Ihr Blick wurde ernst, beinahe traurig. Nachdenklich blickte sie über meinen Kopf in die Ferne und schüttelte dabei unmerklich den Kopf. »Nein. Diese Wohnung meine ich nicht. Ich meine dein wahres Zuhause, da wo du wirklich daheim bist!«

Ich verstand kein bisschen, was sie damit sagen wollte. Doch augenblicklich spürte ich ein starkes, ziehendes Gefühl in der Magengegend aufsteigen. Sehnsucht? Doch wonach?

»Ja«, sagte das Mädchen, »genau dieses Gefühl! Was glaubst du, woher es kommt? Warum du es in letzter Zeit so oft fühlst? Es kommt immer dann, wenn es Zeit ist.

Zeit, nach Hause zu gehen. Wirklich, ich kann dir dabei helfen. Komm mit mir!«

Mit diesen Worten streckte sie ihre Hand aus.

Was sollte das alles? Was meinte sie? Wer war dieses unheimliche Mädchen? Und wieso tauchte sie aus dem völligen Nichts auf? Was wollte sie? War noch jemand hier?

Ich quetschte mich an dem Mädchen vorbei und lief durch die Wohnung. Ich wollte sichergehen, dass niemand sonst eingedrungen war. Und ein kleiner Teil in mir hoffte wohl, dass das Mädchen dann verschwunden wäre, wenn ich ins Bad zurückkommen würde.

Dem war aber nicht so. Dieses seltsame Mädchen war immer noch da, lümmelte immer noch auf dem Boden vor dem Badezimmer und sah mich belustigt an. Erneut streckte sie mir ihre Hand einladend entgegen. So sehr ich mich auch bemühte, mein Gehirn fand keine vernünftige Erklärung für ihre Anwesenheit.

Ich hatte einfach keine Zeit für irgendwelche übersinnlichen Experimente. Ich hatte genug anderes zu tun. Und doch, spürte ich dieses starke Sehnen in mir. Es verstärkte sich immer mehr und breitete sich in meinem Oberkörper aus. Als ich in die blau leuchtenden Augen der Kleinen sah, spürte ich schlagartig ein tiefes Gefühl des Vertrauens in mir aufsteigen. Dieses Gefühl schien von ihr auszugehen. Je länger ich in ihre Augen sah, desto mehr verstärkte sich das Gefühl, sie zu kennen. Sie hatte etwas eigenartig Vertrautes an sich. Diesem Gefühl folgend, nickte ich. Und ohne es bewusst zu steuern oder es auch nur zu wollen, legte ich langsam meine Hand in die des Mädchens.

Der Ruf des Meeres

Als sich unsere Hände berührten, wurde mir schwindelig. Alles verschwamm vor meinen Augen, also schloss ich sie. Ein angenehmes, warmes Gefühl durchflutete mich und mein ganzer Körper begann zu vibrieren. Als ich ein paar Augenblicke später meine Augen wieder öffnete, konnte ich es kaum fassen.

Ich fand mich in einer völlig veränderten Umgebung wieder.

Auf einmal trug ich ein federleichtes, blaubeerfarben schillerndes Sommerkleid und befand mich auf einem großen Felsen direkt über dem Meer. Die Falten meines Kleides fielen an mir herunter, wie die Wellen des Meeres, die an das Ufer rollten. Es wehte sanft im Wind und streichelte sinnlich über meinen Körper.

Aber wo war ich hier?

Ich sah mich um und blickte direkt auf den dunkelblauen und magisch schimmernden Ozean! Feinsandiger, sonnengelber Sand vor mir, Sträucher und viele schroffe Felsen hinter mir. Sonst war nichts zu sehen. Kein Ort, keine Häuser und keine Menschen. Vor mir rollten die Wellen rhythmisch und ohne Pausen an den goldenen Strand und erzeugten das so typische Lied des Meeres von brechenden und aufschäumenden Wellen.

Es war einfach wunderschön hier. Mir ging sofort das Herz auf. Ich liebte das Meer so sehr. Immer schon. Ich hatte es ja so vermisst! Ich blinzelte gegen das Sonnenlicht, welches mich ziemlich blendete.

Dann sah ich das kleine Mädchen aus dem Badezimmer. Ich rieb meinen Augen. Sie stand im gleißenden Sonnenlicht, einige Meter neben mir und winkte freudestrahlend und ausgelassen. Jetzt hatte sie ein ozeangrünes Kleidchen mit weißen Tupfen an, das unbeschwert um ihre Knie flatterte. Durch das strahlende Sonnenlicht schien sie zu glitzern und zu leuchten. Sie strahlte mich fröhlich an und lachte übermütig. Sie wirkte so lebenslustig, wie ich es selten bei einem Kind, ja bei überhaupt einem Menschen gesehen hatte. Die Sonnenstrahlen funkelten auf ihrer Haut, als würden Kristalle ihren Körper umhüllen. Sie schien als Ganzes zu flimmern.

»Komm! Lass uns endlich nach Hause gehen. Zusammen eintauchen ins Meer. Los!«, rief sie mir zu und wedelte dabei wild mit ihren Armen. Ich weiß noch, wie meine Gedanken im Kopf verwirrt herumwirbelten.

Und ganz ehrlich? Ich war damals wirklich meilenweit davon entfernt einfach ins Meer zu gehen.

»Wo bin ich hier? Was soll ich hier? Wie komme ich wieder nach Hause zurück?«, rief ich dem Mädchen ziemlich verunsichert und auch schon etwas verärgert zu. Ja, ich hatte Angst, aber das wollte ich vor dem Mädchen nicht zeigen.

Sie kam näher, neigte ihren Kopf und sagte mit unerwartet ernster, feierlicher Stimme:

»Genau das will ich dir ja zeigen. WIE du endlich wieder nach Hause gehst! Wehre dich nicht länger dagegen. Hinterfrage nicht. Lasse deine Fragen mit den Wolken ziehen. Sei offen für eine neue, wunderbare Welt. Vertraue mir! Es gibt so viel mehr, als du zu glauben vermagst.

Du möchtest nach Hause? Wirklich??? Dann komm mit mir, ich zeige dir den Weg!« Damit deutete sie zum Wasser.

Eine, mir damals noch recht fremde Stimme in meinem Kopf machte sich bemerkbar.

Vertraue auf das Leben. Vertraue dir selbst. Du bekommst alles zur rechten Zeit. Du bist gut versorgt. Sei gewiss, du bist in guten Händen. Du bist in den besten Händen überhaupt. Vertraue!

Zweifelnd schaute ich auf das Meer. Und dann wieder auf das wundersame Mädchen. Wer war sie wirklich? Ich runzelte die Stirn. Vertrauen? Loslassen? Keine Angst haben? Ich hatte keinen blassen Schimmer, wie das gehen sollte. Wie machte man das, wenn man überhaupt nicht weiß, wie das funktioniert?

Ich sah auf den weiten Ozean hinaus und beobachtete die heranrollenden, schäumenden Wellen. Das Meer. Etwas Geheimnisvolles ging von ihm aus. Ich spürte seine Kraft und seine starke Anziehung.

Was war das? Hatte ich eben meinen Namen gehört? Und da war noch etwas. Das Meer rief mich zu sich. Irgendwie.

Das glitzernde Blau des Wassers, schien mich mit unsichtbaren Fäden zu sich zu ziehen. Ich spürte ein extrem starkes Bedürfnis, näher zu den Wellen zu gehen. Ich wollte unbedingt Meereswasser auf meiner Haut spüren. Ich musste es einfach fühlen. Der innere Drang wurde immer stärker.

Ich wollte dem Mädchen etwas sagen, aber meine Worte waren vergessen. Keinen einzigen klaren Gedanken konnte ich mehr fassen. Alles schien sich in meinem Hirn aufzulösen. Ich fühlte mich wie unter Narkose. Betäubt. Und gleichzeitig, setzten sich meine Füße in Bewegung. Richtung Meer. Als wäre ich unter einem fremden Zwang.

Ich beobachtete mich selbst, wie ich den Felsen runter kletterte und zum Wasser ging. Dort zog ich mir mein wunderschönes blaues Sommerkleid über den Kopf, ließ es achtlos in den Sand fallen. Nur in Unterwäsche bekleidet, ging ich auf die magisch blauen Fluten zu. Schritt für Schritt. Meine Zehen berührten das Wasser und tief sog ich die Luft ein. Meine Güte, wie wundervoll! Ich fühlte mich, wie eine Verdurstende, der ein Glas Wasser gereicht wurde. Die Wellen berührten meine Füße, spielten mit meinen Knöcheln und Waden.

Das Meer schien mit mir auf mysteriöse Art und Weise in Kontakt zu treten. Ich fühlte mich umhüllt und geschützt – und so stark gerufen!

Wie in Hypnose ging ich weiter und stand bald knietief im Meer. Die Wellen leckten bereits sehr verführerisch an meinen Oberschenkel. Als ich noch mehr Berührungen des Meeres auf meinem Körper spürte, war es um mich geschehen. Ich hörte immer lauter, wie mich die Wellen zärtlich, aber unmissverständlich, zu sich riefen. Sie sangen ein magisches Lied, dessen ich mich einfach nicht entziehen konnte. Und wollte. So unglaublich schön!

Es war eine süße Melodie, so fein wie Sternenstaub. Sie ließ mein Herz vibrieren und meine Seele tanzen. Ich war berührt, aktiviert und wie in einem Trancezustand. Meine Gedanken wurden ausgeschaltet. Ich konnte gar nicht anders als mich dem Meer hinzugeben. Vom zauberhaften Lied der Wellen hypnotisiert, ging ich Schritt für Schritt weiter hinaus in die Tiefe, auf die herannahenden Wellen zu.

Ja, ich höre dich.

Ich spüre dich stark, wie nie zuvor.

Das goldgelockte Mädchen am Ufer klatschte freudig in ihre Hände. Dass sie sich splitterfasernackt auszog und mir folgte, bekam ich gar nicht wirklich mit.

Erst als sie dicht hinter mir war, wurde ich ihrer gewahr.

»Vertraue einfach und folge deinem Ruf!«, hörte ich sie nah hinter mir, mit veränderter, altkluger Stimme, sagen.

Und etwas in mir übernahm nun unmissverständlich die Führung und übertönte meinen Verstand.

Das kühle Nass prickelte auf meinem Körper. Meine Zellen schienen es richtig aufzusaugen. Ich tat, was ich einfach tun musste.

Oh, wie sehr habe ich dich erwartet und wie oft habe ich gehofft dich endlich zu sehen. Ich freue mich so sehr auf dich! Und nun, sei voller Zuversicht und lege deine Hand ruhig vertrauensvoll in meine. Ich beschütze und geleite dich. Vertraue mir.

Was dann geschah, konnte ich nicht ahnen. Mein Körper schien sich einfach zu verselbstständigen und ohne es wirklich zu wollen, nahm ich einen tiefen Atemzug, bog meinen Rücken, spannte ihn und senkte meinen Kopf.

Sei ohne Bang und ohne Furcht. Es geschieht genau das Richtige für dich. Horche in dich hinein und spüre, wie wichtig es ist für dich. Tauche ein und lasse einfach los.

So tauchte ich in die Wellen ein, hinab in das tiefe, blaue und so magische Meer.

Abtauchen in eine fremde Welt

Ich war nie besonders gut im Tauchen gewesen. Schon gar nicht im Luftanhalten. Und doch tat ich es. Eine fremde Macht schien mich zu führen und zu leiten. Und so gab ich mich dem schlichtweg hin. Ich tauchte einfach und hielt die Luft ohne Probleme an, obwohl ich das nie trainiert hatte. Und doch geschah es genauso. Ganz von allein.

Ich fühlte mich fest umarmt, gehalten und geborgen, so als würde ich mehr oder weniger in mich selbst eintauchen. Zwar hatte ich Angst vor den Tiefen des Ozeans, aber ganz tief in mir fühlte es sich absolut richtig an. Als wäre dies das Wichtigste, was ich jetzt zu tun hätte!

So tauchte ich ein und das Meer zog mich in seine Tiefen. Es holte mich magischerweise zu sich. Ich hatte plötzlich auch keine Angst mehr, sondern tiefes

Vertrauen durchflutete mich – und Liebe. Ich spürte so viel Liebe in mir und um mich, als würde ich in einem Ozean voller Liebe dahingleiten. So ergab ich mich und ließ innerlich los. Wie ein Fisch, der nach Hause gerufen wurde, glitt ich tief und tiefer in dieses magische Meer.

Das Meer war dunkelblau und ich konnte kaum etwas sehen. Und doch konnte ich nicht aufhören, tiefer zu tauchen. Denn je tiefer ich tauchte, desto intensiver konnte ich diese imaginäre Umarmung des Meeres spüren. Es schien mein ganzes Sein zu umhüllen und mit Liebe zu fluten. Es fühlte sich himmlisch an!

Ich tauchte tief und tiefer. Als ich irgendwann kaum mehr Luft hatte und es nicht mehr aushielt, passierte etwas Unglaubliches. Ich öffnete den Mund und konnte unter Wasser atmen! Und fast zeitgleich merkte ich, wie sich meine Beine veränderten. Ein eigenartiges, kribbelndes Gefühl breitete sich von meinen Füßen aus.

Ich konnte kaum glauben, was passierte, als ich sah, was los war. Mir war eine riesengroße Flosse gewachsen! Wie bei einer Meerjungfrau. Diese Schwanzflosse reichte mir bis an die Hüften und jede einzelne Schuppe glänzte silberfarben. So unglaublich! Und magischfein! Natürlich konnte ich mit dieser Flosse viel besser schwimmen.

Auch meine Augen begannen sich nun zu verändern. Schlagartig konnte ich auch viel besser unter Wasser sehen. Ich erkannte, wie das Wasser türkisblau glitzerte, Lichter in der Ferne funkelten und buntschillernde Meereswesen an mir vorbeiglitten.

Was für zauberhafte Geschenke des Ozeans!

Das kleine Mädchen tauchte neben mir auf und nahm lächelnd meine Hand. Und auch sie hatte nun einen Meerjungfrauenschwanz. Gemeinsam tauchten wir noch tiefer ab in die Fluten, um diese glitzernde Welt voller Wunder zu erkunden.

Je weiter wir schwammen, desto schillernder wurden die Muscheln am Meeresgrund. Je tiefer wir tauchten, desto bunter wurden die Wesen, die wir trafen. Und je länger wir unter Wasser waren, desto leuchtender wurden die Gaben des Meeres. Das Meer war unter Wasser nicht einfach nur dunkel und finster – nein, ganz im Gegenteil! Unter der Wasseroberfläche tat sich eine magische Glitzerwelt auf.

Ich lernte eine funkelnde Unterwasserwelt kennen, in der der Meeresboden leuchtete und das Licht im Wasser glitzerte. Hier gab es strahlend bunte Korallen, Seerosen und Moosteppiche, die mir mit ihrer Farbenpracht, schier den Atem raubten. Ich sah Algen, die in allen möglichen Grüntönen schimmerten, regenbogenbunte Wasserpflanzen, die sanft hin und her wogten. Und ich entdeckte verzauberte Orte am Meeresboden und schimmernde Plätze mit goldenen Felsgesteinen und farbenprächtigen Meerespflanzen.

Vielen märchenhaften Meeresbewohner durfte ich begegnen. Liebenswerten Fische, schelmischen Kraken, wundervollen Seesterne, quietschlebendigen Seepferdchen, majestätischen Haie, lebensklugen Quallen und weisen Muscheln. Ich traf auf wissende Schildkröten, lebensfrohe Robben, übermütige Seeschlangen, neugierige Krabben und beschwingte Delfine.

Und noch so viele mehr. Sie alle wurden mir Lehrer, nahmen mich an der Hand und zeigten mir eine völlig neue Welt.

Die perlmuttfarben und blauschimmernden Muscheln waren es, die mich das Sitzen in Stille lehrten. Je länger sie in Stille meditierten, desto mehr begannen ihre Farben zu leuchten.

»Setz dich doch zu uns«, sagten sie zu mir, als ich sie wieder einmal beobachtet hatte. »Schließe deine

Augen und mache gar nichts. Beobachte und lausche deinem Atem. Wenn Gedanken auftauchen, lasse sie vorbeiziehen wie Wolken. Folge ihnen nicht.«

Neugierig folgte ich ihrer Einladung und ihren Anweisungen. Zu Beginn fiel es mir schwer, aber ich merkte schnell, wie gut es mir tat. Ich wurde tatsächlich ruhiger. Und erstaunlicherweise hörten meine ewig plappernden Gedanken auch wirklich mit der Zeit auf, auf mich einzureden. Mein Verstand wurde leiser und mein Kopf klarer.

»Das nennt man im Augenblick sein. Das ist der einzige Zeitpunkt, der wirklich zählt. Nicht das, was gestern war oder morgen sein wird, ist wichtig, sondern das Jetzt ist bedeutsam und die Qualität dieses Augenblicks.«

Und die lebenserfahrenen Meeresschildkröten waren es, die mir aufzeigten, welchen Unterschied es machte, ob man in einer Umgebung war, die zu einem passte oder eben nicht.

»An Land bin ich bedächtig und behäbig und im Wasser dafür recht wendig und sehr flink«, erzählte mir ein grüngoldenes Schildkrötenmädchen. Um zu beweisen, wie recht sie hatte, schwamm sie wie ein geölter Blitz um mich herum. Sie hatte sichtlich Freude daran, mir zu zeigen, wie beweglich sie war.

»Das liegt daran, dass Wasser mein Zuhause ist, meine Heimat und ich hier so sein kann, wie ich bin. Oh, ich kann auch an Land sein, das stimmt, aber nur kurz. Dort ist gleich alles viel schwerer. Meine wahre Natur zeigt sich erst, wenn ich in meinem Element bin.«
Das machte mich ziemlich nachdenklich.
Wie viele Menschen sind nicht in ihrem Element?
Wie viele Menschen sind nicht in einer Umgebung, die zu ihnen passt, wo sie sich wohlfühlen?
Wie viele Menschen wissen wohl gar nicht, was ihre wahre Natur ist?

Ich tauchte tief und tiefer. Dabei machte ich eine interessante Beobachtung. Ich bemerkte, dass sich, umso vergnügter ich wurde, meine zauberhafte Meerjungfrauenflosse veränderte. Zuerst verfärbten sich nur ein paar Schuppen. Sie wurden grashalmgrün und zitronengelb. Dann entdeckte ich ein paar feuerrote Schuppen am Ende. Und wieder später sogar lilafarbene. Mein Meerjungfrauenschwanz wurde immer bunter, schillernder und farbenprächtiger! Nach und nach funkelte er in sämtlichen Regenbogenfarben: zitronengelb, mandarinenorange, himbeerrot, tannengrün, himmelblau, sonnengold und mondlichtsilbern. So viele verschiedene Farbschattierungen. Das sah so zauberschön aus!

Ich fühlte mich so frei und glücklich, wie schon lange nicht mehr. Im Grunde, wie überhaupt noch nie.

Als ich irgendwann auf einem Felsen, bei einer kleinen Insel, eine Pause machte, erblickte ich mich durch die Spiegelung im blauen Wasser. Fasziniert betrachtete ich mein Spiegelbild, denn auch mein Körper hatte sich sichtbar verändert.

Meine Augen glänzten wie blaue Kristalle. Meine Haare waren länger geworden. Weg war meine trockene Haarpracht, die irgendwo zwischen blond und brünett gewesen war. In sanften hellgoldenen Wellen flossen sie jetzt meinen Rücken entlang. Selbst meine Haut schimmerte sanft in wunderschönen Goldtönen. Meine Hüften und meine Rundungen waren nicht weniger geworden, aber sie schmiegten sich fest an meinem Körper und fühlten sich richtig weiblich an. Ja, selbst meine doch sehr üppigen Brüste fühlten sich prall und wunderbar an. Das hatte ich so noch nie empfunden!

Mein gesamtes Körpergefühl hatte sich verändert. Ich fühlte mich so fit und urweiblich.

Wenn ich im Wasser schwamm, oder wenn ich am Felsen die Sonnenstrahlen auf meiner Haut genoss, war das ein beinahe sinnliches Vergnügen. Ich hatte immer Probleme mit meinem Körper gehabt – schon seit ich denken kann. Zu viele Kilos auf den Rippen, viel zu viele Rundungen, zu wenig Taille. Also eigentlich zu viel an den falschen und zu wenig an den richtigen Stellen.

Aber jetzt? Jetzt empfand ich das nicht mehr. Ich spürte dies einfach nicht mehr. Ich fühlte mich pudelwohl und wunderbar.

Mehr noch: ich fand mich wunderschön! Ich genoss es, mich anzusehen und ich erfreute mich daran, mich in meinen Körper zu spüren. Ich empfand mehr und mehr Vergnügen und tiefe Dankbarkeit für meinen gesamten Organismus, den ich nun überraschenderweise als Tempel für meine Seele empfand. Ein sagenhaftes und wirklich magisches Gefühl!

Das blonde kleine Mädchen, diese bunte magische Wasserelfe, war meist an meiner Seite. Miteinander schwammen wir durch die Wellen und tauchten ab in ferne Welten. Sie machte mich bekannt mit Unterwasserwesen, die ich nie für wirklich gehalten hatte. All diese Geschöpfe waren ihre Freunde, ihre Familie. Und sie wurden mehr und mehr auch zu meiner.

Ich lernte glitzernde Fische kennen, die mir ihre aufregenden und erlebnisreichen Abenteuergeschichten erzählten.

An ein Zusammentreffen erinnere ich mich ganz besonders. Da fragte mich eines Tages ein besonders naseweises, glitzerndes Mitglied eines regenfarbenbunten Fischschwarms vergnügt:

»Lina, sag, warst du schon einmal auf Reisen, ohne zu wissen, wohin es ging?«

Ich musste lachen. Was war das für eine komische Frage?

»Nein, liebes Regenbogenfischlein, natürlich nicht! Warum sollte ich das auch tun? Wofür ist es denn gut zu reisen, wenn man weder das Ziel noch den Ort kennt?«

Die Glitzerfische brachen alle in heiteres Gelächter aus, so als hätten sie keine andere Antwort von mir erwartet.

Lachten sie mich aus? Ja, ich gebe zu, dass mich ihr Verhalten ein bisschen verunsicherte. Und insgeheim auch etwas ärgerte.

»Weil man auf diese Art und Weise die größten Abenteuer erleben kann! Weil so dein Herz und deine Intuition zu dir sprechen können! Wenn du nicht festgelegt bist und losgehst, dann hörst du ganz sanft und fein in dich hinein. Du fühlst nach, wohin es dich trägt, wohin du gehen sollst. Und so wirst du wunderbar geführt.

An umwerfend tolle Orte und zu zauberhaften und vor allem wichtigen Situationen, die dich weiter bringen. Auf diese Art und Weise sind wir schon zu völlig unbekannten Inseln und wundervollen Plätzen geführt worden und haben viele neue Meeresfreunde gewonnen. Das ist Freiheit, liebe Lina! Probiere es doch auch mal aus. Oder traust du dich etwa nicht?«

Bei dem letzten Satz zwinkerte er mir frech zu. Stimmt, man brauchte schon etwas Mut dazu, sich ohne Ziel auf den Weg zu machen. Ich fand es aber auch sehr verlockend und nahm mir vor, dies unbedingt auszuprobieren.

Ich erlebte sonnengelbe lustige Seepferdchen, die mich die Kunst des Loslassens und des Fließens lehrten.

Ich war zunehmend fasziniert von diesen kleinen glanzvollen Tierchen, die sich vertrauensvoll dem Meer hinzugeben schienen und in den Wellen tanzten, als folgten sie einer geheimnisvollen Melodie. Anders als ich und das Meermädchen schienen sie nie etwas Bestimmtes vorzuhaben, außer mit der Strömung und den Wellen mitzufließen.

»Die Kunst ist es, zu vertrauen und loszulassen. Sich dem Gegebenen hinzugeben. Verwechsle es nicht mit einer Art Kapitulation. Es ist mehr ein Annehmen dessen, was ist. Zu vertrauen, dass es gut ist, so, wie es ist. Und sich dann weiter tragen zu lassen. Im Vertrauen, dass du gut geführt bist und zu wichtigen weiteren Schritten geführt wirst. Du glaubst ja gar nicht, wie viele wundervolle Impulse sich hier einstellen. Sie purzeln einfach herunter und du beginnst sie erst wahrzunehmen, wenn du in dieser Balance bist. Der Balance des Annehmens, Vertrauens und damit weiterzufließen. Ja, es ist wirklich wie ein Tanz. Ein magischer Seelentanz!«

Zuerst fiel es mir sehr schwer zu begreifen, was sie mit diesen Worten meinten, doch als ich übte, kapierte ich es. Je mehr ich meinen Kopf ausschaltete und mir keinen innerlichen Druck machte, desto besser konnte ich diese innere Balance spüren. Desto leichter bewegte ich mich durch das Wasser. Ich wurde bewegt. Und je öfter und länger ich dies machte, desto mehr ließ ich los und vertraute darauf, dass gerade das Beste für mich passierte.

Darüber hinaus begegnete ich leuchtenden Quallen in Azurblau, Türkis und Purpur, die mich in die Geheimnisse des Lebens einweihten.

»Nicht alles ist immer so, wie es auf den ersten Blick erscheint«, sagten sie eines Tages augenöffnend zu mir, als sie sahen, wie ich besorgt vor ihnen Tentakeln zurückwich.

»Ja, wir benutzen unsere Tentakel zum Fangen und ja, manche von uns können giftig sein. Doch es gibt auch eine völlig andere Seite von uns. Wir machen nämlich noch weitere Dinge mit unseren Fühlern. Doch das wissen viele nicht. Wir berühren mit unseren Fangarmen und verteilen auf diese Art und Weise Samen der Liebe und der Erkenntnis. Immer dort, wo wir das spüren und für wichtig erachten, hinterlassen wir Spuren der Zuversicht, des Mutes, der Hoffnung, des Friedens, der Freude – Spuren der Liebe.«

Und ich sah ihnen dabei zu und staunte nicht schlecht. Alles, was mit den Tentakel kurz in Berührung kam, blinkte und glitzerte kurz auf und dann erschien ganz zart ein goldener Punkt, der auch nach kurzer Zeit wieder verschwand. So wurden immer mehr Samen der Liebe, Hoffnung und Freude in die Welt getragen.

Dieses magische Tun und Wirken der Quallen, berührte mich wirklich sehr und ich war so selig, das miterleben zu dürfen.

Ich erlebte hier unter Wasser eine Zauberwelt, einen glitzernden Ort, die ich so niemals kannte. Eine Welt, in der ich so viel lernen konnte. Eine Welt, in der alles möglich war. Und eine Welt, wo ich einfach ich selbst sein durfte und eben genau deshalb gemocht wurde.

Die Wissende in dir

Zeit war hier fern und unwichtig geworden. Ich hatte keine Ahnung, wie lange ich schon von meiner Wohnung und meinem Alltagsleben weg war. Irgendwie war es mir auch gleichgültig geworden.

Ich genoss diese märchenhafte Zeit hier ganz intensiv. Und ich schwelgte in dem Gefühl, wie ich mich hier wahrnahm und fühlte. Das hatte ich schon lange nicht mehr gehabt. Hatte ich das überhaupt schon gehabt? Eine Zeit in meinem Leben, in der ich mich annahm, wie ich war? Ja, mehr noch, wo ich mich mochte, genauso wie ich war? Mich schön fand und einfach so wohlfühlte?

Jeder war so respektvoll und ich spürte eine Art tiefe Liebe untereinander. Sagenhaft schön war das für mich. Ich sog das alles auf und fühlte mich wie »Alice im Wunderland« – nur eben unter Wasser.

Natürlich fragte ich mich immer wieder, wo ich mich befand, wer das Mädchen war und auch diese gesamte Unterwasserwelt.

Zu Beginn hatte ich immer wieder das blonde Meermädchen danach gefragt. Allmählich wurden aber meine Fragen weniger, weil sie mir nie wirklich Antworten darauf gab. Teilweise ignorierte sie meine Fragerei sogar schlicht und einfach.

Und auch meine faszinierenden Unterwasserfreunde lächelten meist nur sanft und schwiegen, wenn ich sie etwas in diese Richtung fragte. So beschäftigte auch ich mich immer weniger damit. Ich nahm es mehr und mehr an und genoss diese Zeit in dieser magischen Meereszauberwelt.

Irgendwann, als ich auf einem Felsgestein im Meer eine Sonnenpause machte, war das blonde Zaubermädchen neben mir und ich fragte sie wieder einmal danach. Doch diesmal lachte sie nicht über meine Frage oder ignorierte sie. Nein. Sie hielt inne, schien zu überlegen und lächelte dann.

Als Nächstes nahm sie mich wortlos an der Hand und zog mich weg vom Felsen, hinunter in das Meer. Wie immer folgte ich ihr vertrauensvoll und gemeinsam tauchten wir in tiefe Fluten hinab, vorbei an Fischen, Delphinen und Haien. Ich schwamm ihr in tiefem Urvertrauen einfach hinterher.

Schließlich kamen wir zu einer Walfamilie. Wale hatte ich zwar auch schon hier gesehen, aber diese hier erstaunten mich doch sehr, denn sie waren noch größer und imposanter als alle, die ich bisher gesehen hatte. Ihre Körper waren mächtig und ihre Haut schillerte in dunklen Blautönen.

Beim größten und funkelndsten Wal stoppte das Mädchen und ließ meine Hand los.

»Stelle jetzt deine Fragen und lausche den Antworten, die du so sehr erhoffst«, sagte sie. Zu dem großen, türkisblau funkelnden Säugetier hingewandt, fügte sie hinzu:

»Ich denke, sie ist so weit.«

Ein tiefer prüfender Blick streifte mich und lange sah mich der imposante Walfisch schweigend an. Seine Augen, eingefasst in dichte lange Wimpern, waren dunkelgrün und erinnerten mich an funkelnde Smaragde. Dieser Blick schien alle meine Zellen zu durchdringen. Er glühte förmlich und es fühlte sich an, als wäre es dem Wal möglich, bis in meine Seele blicken zu können. Ich war gebannt, gleichzeitig fasziniert und fühlte mich bis in mein Innerstes getroffen.

»Ja, du bist wirklich so weit. Komm mit mir!«

Erst an der klangvollen, weichen Stimme erkannte ich es, dass es eine Frau Wal war. Ich staunte nicht schlecht, als ich diese melodiöse, einprägsame Stimme hörte. Ihre Klangfarbe erinnerte mich an betörende, magische Harfenklänge – voller Sinnlichkeit, Kraft und Sanftmut zugleich. Oh, was für eine tiefweibliche Stimme das war! Sie berührte mich und ich fühlte mich sogleich von Frau Wal in den Bann gezogen. Ich war sicher, sie schien zu wissen, was ich dachte und fühlte.

»Ja, die Dinge sind oft nicht so, wie sie zu sein scheinen. So manches zeigt sich erst nach dem zweiten oder gar dritten Blick.«

Leicht belustigt, wandte sie sich ab und schwamm einfach los.

Und ich? Ich folgte ihr.

Wir tauchten wortlos durch dunkles Meerwasser. Ich konnte nichts mehr erkennen und hielt mich einfach dicht an sie, in der völligen Gewissheit, wunderbar geführt zu werden. Sie brachte mich zu einem goldenen Felsen, der mitten im Meer gelegen war. Golden? Ja, er war wirklich golden – durch und durch. Wie ein riesengroßes Goldnugget thronte er im Ozean und funkelte mit der Sonne um die Wette. Ich kletterte hinauf und ließ mich von den warmen Sonnenstrahlen streicheln, während meine Aufmerksamkeit gespannt auf Frau Wal gerichtet war. Ich war so neugierig, was wohl jetzt passieren würde.

Sie blieb im Wasser und richtete ihren Blick fest auf mich. Eine ganze Weile sagte sie nichts, gerade so, als würde sie überlegen, wie sie beginnen sollte. Ein Knistern breitete sich in der Luft aus und ich spürte, dass hier etwas Entscheidendes passieren würde. Mit ihrer unnachahmlichen weichen Stimme begann sie zu sprechen:

»Liebes, du hast viele Fragen. Das verstehe ich und das ist gut.

Doch lass mich dir zuerst erzählen – vom Ruf des Meeres. Folge mir und meinen Worten. Folge mir mit Herz und Seele. Erfahre uralte kosmische Weisheiten und altes immer gültiges Urwissen. Erlebe es als eine Art magische Einweihung.

Und dann mein Liebes, wirst du vieles verstehen: warum du hier bist und was du hier machst. Auch für Fragen ist dann immer noch Zeit. Bist du bereit, durch diese Türen zu gehen?«

Ja, das war ich. Und wie ich das war! Ich nickte freudig und aufgeregt.

So begann Frau Wal zu erzählen und weihte mich in dieses alte Urwissen ein. Jedes ihrer Worte elektrisierte und faszinierte mich. Jede ihrer Geschichten zog mich in ihren Bann. Mit glänzenden Augen sog ich dieses Wissen tief in mich auf.

Und noch heute, sehe ich die wissenden, smaragdfarben Augen von Frau Wal vor mir, während sie ihr wertvolles Wissen mit mir teilte.

Noch heute, höre ich jedes ihrer Worte, die sie mit ihrer tiefen warmen Stimme zu mir sprach.

TEIL 2

Die Einweihung

Ich spüre, ich bin bereit.
Öffne mich für die spirituelle Kraft.
Die längst hier ist und
nur hinter verschlossenen Türen verweilt.
Ich brauche sie nur noch zu öffnen –
diese magischen Türen.

Ich spüre, ich bin bereit.
Werde so zum Kanal.
In einer noch nie dagewesenen Form.
Denn ich weiß es ist richtig.
Ich weiß, dies ist zu tun.

Ich spüre, ich bin bereit.
Mich hier und jetzt zu öffnen.
Richte mich aus, hin zur heiligen Kraft.
Bin bereit für nächste Schritte.

Erfahre so –
die Wahrhaftigkeit meiner heiligen Macht.
Begreife so –
meine mir innenliegende Kraft.

»Liebes, Einweihung ist nichts anderes als eine Art der Erinnerung. Sich wieder an etwas zu erinnern, das in einem selbst liegt. Ein verborgenes und meist vergessenes Wissen tief in uns.

Eine Art der Erinnerung daran, dass wir im Grunde alles in uns tragen. Schon seit dem Zeitpunkt der Geburt und noch viel früher. Es ist mit deiner Seele verknüpft und es obliegt jedem selbst, die Entscheidung zu treffen, sich wieder mit diesem Wissensschatz zu verbinden. Sich wieder zu erinnern.

Liebes, Einweihung bedeutet eine Tür zu öffnen, um neue Wege zu gehen und sich neue Räume zu erschließen. Und nicht selten, eröffnen sich durch Einweihungen völlig neue Welten – im Innen, so wie auch im Außen«, begann Frau Wal zu erzählen.

Der Seelenruf

Du bist wie ein Flüstern der Blätter,
wenn der Wind durch die Baumkrone tanzt.
Du bist wie der sanfte Windhauch,
der mein Haar hingebungsvoll liebkost.
Du bist wie der Albtraum in der Nacht,
der mich hochschrecken lässt
und mich zu dir führt.

Du bist das zarte Streicheln, der liebenden
Mama, die ihr Baby liebkost.
Du bist der Schlag auf den Kopf,
wenn ich ein Hindernis übersehe und dagegen laufe.
Du bist das nährende Wasser für Körper und
Geist, wenn ich ausgetrocknet bin.

Du bist mein wichtigster Lebensquell.
Dein Rufen hat viele Facetten.

Sanft und liebevoll.
Leise und wispernd.

Stürmisch und fordernd.
Laut und kompromisslos.

Lockend und spielerisch.
Drängend und unbeirrbar.

Dein Rufen ist aber niemals ohne Grund.
Nicht leichtfertig oder übertrieben.
Regelmäßig holst du mich zu dir.
Um einzutauchen. Zu heilen.
Mich zu nähren. Kraft zu tanken.
Energie zu schöpfen. Klärung zu finden.

Holst mich zu dir.
Um zu Grunde zu gehen –
zum wahren Quell meines Lebens.

Dein Ruf ist lebensnotwendig.
Ohne dich gäbe es kein Sein.
Ohne dich kein Weiterkommen.
Ohne dich keinen Sinn.
Du – der Quell allen Ursprungs.
Du – der Urgrund meines Seins.

Wusstest du, dass deine Seele dich ruft? Immerzu? Ja, wirklich, sie tut es tatsächlich. Deine Seele ruft dich! Manchmal sehr oft und sehr lange. Bis du hinhörst. Bis du diesem Ruf nachkommst. Sie fordert dich zyklisch auf, zu ihr zu kommen, um dir Kraft, Energie und langersehnte Antworten zu geben. Um dich zu halten und dich zu schützen. Sie ruft nach dir, um dir Botschaften zukommen zu lassen, dir neue Impulse zu schenken und dich auf Wichtiges in deinem Seelenplan hinzuweisen.

Weißt du Liebes, dass deine Seele nie müde werden wird, dich zu bitten, zu ihr zu kommen? Es kann nur passieren, dass du ihren Ruf nicht hören kannst oder ihn hörst, aber ignorierst. Das ist gar nicht so gut. Wenn du es (aus welchen Gründen auch immer) immer wieder aufschiebst oder gar ablehnst, regelmäßig nach Hause zu gehen, wirst du auch den Preis dafür zahlen müssen. Und das ist ein sehr hoher Preis, wie ich meine.

Dann wirst du immer mehr zur Marionette deines Lebens werden. Du wirst mehr funktionieren als wirklich leben. Nach Wasser dürsten, wie eine ausgedörrte Pflanze. Dich nach Nährstoffen in deinem Leben sehnen, wie ein kraftloser Körper. Dir wird es dann kaum möglich sein, ein beseeltes Leben zu führen, da du ja quasi deine Seele aus deinem Leben aussperrst.

Aber wisse, es ist nie zu spät, der Fährte deiner Seele zu folgen und dich auf ihren Ruf einzulassen. Es wird dein Leben umso viel mehr bereichern. Wie sehr, kannst du dir im Moment wahrscheinlich nicht vorstellen. Sei mutig, lasse dich auf deine Seele ein und folge ihrem Ruf – und zwar ab sofort!

Was genau ist dein Seelenruf?

Der Seelenruf ist ein innerer Weckruf.

Ein Ruf, der dich auffordert, nach Hause zu gehen. In das Refugium deiner inneren Welt. In den Raum deines inneren Selbst, dort, wo deine Seele zu Hause ist. Deine Seelenheimat.

Dieser Ruf kann dich jederzeit ereilen. Egal, wo du gerade bist: bei der Arbeit, auf Reisen, auf einem Seminar, beim Kochen, beim Spazieren gehen oder einer Familienfeier

Völlig gleichgültig, was du gerade machst. Ob du kochst, spazieren bist, Sport ausübst oder Hausarbeit machst. Er kann überall erfolgen.

Wie ist das zu verstehen?

Stelle dir vor, dass deine Seele dir zuruft: »Hallo! Wo bist du denn? Ab nach Hause mit dir, Liebes! Komm (endlich) heim! Du bist schon viel zu lange in deiner äußeren Welt. Du hast Hunger, brauchst Ruhe und neue Energie. Es wird wieder Zeit für dich heimzukommen!«

Manche vernehmen dieses Rufen als eine Art innere Unruhe. Einige als nebulösen oder auch sehr klaren Ruf, wieder andere als Traurigkeit, ohne einen bestimmten Grund. Oder als eine Sehnsucht in dir, die du nicht benennen kannst.

Vielleicht fühlst du dich ausgepowert, ausgebrannt und müde? Du möchtest dich am liebsten nur verkriechen, kannst dich schwer konzentrieren und nichts interessiert dich wirklich?

All dies, kann dein innerer Seelenruf sein.

Was genau will dein Seelenruf, möchtest du wissen? Er möchte dich auffordern, in deine Seelenheimat zurückzukehren. Meist besteht irgendwo eine Unausgewogenheit in deinem Leben und diese gilt es auszugleichen. Wisse, es ist lebenswichtig regelmäßig in deine Seelenheimat einzutauchen, um geistig, seelisch und körperlich gesund zu sein und es auch zu bleiben.

Wenn deine Seele dich zu sich ruft, ist es wirklich bedeutsam für dich, diesem Ruf Folge zu leisten, denn dann hat deine Seele großen Hunger. Sie braucht dringend Nahrung, die sie in dieser Form dann nur in deiner Seelenheimat finden kann. Dieser Seelenhunger lässt sich dann einzig und allein im Quell deiner inneren Heimat stillen. Füttere sie liebevoll und achtsam, mit all der Seelennahrung, die sie braucht.

Du fragst, warum dich dieser Ruf ereilt?
Der Ruf deiner Seele kommt immer dann, wenn es notwendig ist, heimzukehren.

Wenn du ausgelaugt bist, ohne Kraft und Energie. Der Ruf erfolgt auch immer dann, wenn irgendwo bei oder in dir ein Ungleichgewicht besteht. Irgendwo und irgendwie bist du in einer Schieflage und deine Seele möchte dir helfen, in Balance zu kommen.

Du hast Angst, den Seelenruf vielleicht zu überhören?
Nein, Liebes, habe keine Furcht, das brauchst du nicht. Du wirst ihn hören. Und falls nicht, dann macht das gar nichts.

Warum? Weil deine Seele dich so oft zu sich ruft, bis du ihr zuhörst. Immer wieder. Immerzu. Auf verschiedene Arten. Hier greift deine Seele zu allen möglichen »Tricks«, um deine Aufmerksamkeit zu erhalten. Du musst dir also keine Sorgen machen, früher oder später hörst du den Ruf. Und zwar ganz bestimmt!

Arten der Seelenrufe

Gibt es verschiedene Seelenrufe?

Durchaus, ja. Es gibt so viele verschiedene Arten, deiner Seele dich zu rufen, wie es wahrscheinlich Sterne am Himmel gibt.

Deine Seele kann hier in verschiedene Rollen schlüpfen. Sie bedient sich vielfältiger Methoden, um dich und alle Menschenkinder wahrhaftig zu erreichen.

Oft ruft sie laut und vehement. Manchmal auch ganz zart, sanft und leise. Mal verspielt und singend, wie ein Wald, der im Frühling zu erwachen beginnt. Mal deutlich, drängend, laut und unberechenbar, wie ein Sturm, der beginnt aufzuziehen. Eines aber ist immer gleich: das Ziel. Sie ruft dich zu sich, will dich erreichen! Sie will zu dir durchdringen, damit du innehältst. Im Außen. Sie fordert dich auf, zu reisen. Nach Innen.

Sehnsucht als Seelenruf

Wenn die Sehnsucht an deine Türe klopft, dann sieh genau hin!

In diesem Moment wirst du von deiner Seele in dein heiliges Refugium gerufen.

Sehnsucht als Seelenruf, passiert sehr häufig. Und leider fast genauso oft erkennst du ihr Rufen nicht. Du verdrängst das Gefühl, zerdenkst es oder vermutest fälschlicherweise einen anderen Grund dahinter.

Weißt du, Liebes, meiner Erfahrung nach, verbirgt sich hinter (oft nicht definierbarer) Sehnsucht, immer auch der Seelenruf.

Du sagst dann Sätze wie:

»Ich sehne mich nach tiefer Ruhe«,

oder

»Ich sehne mich nach mehr Zeit für mich«,

oder

»Ich sehne mich nach ______________________

(bitte selbst ausfüllen).«

Und manchmal ist es auch eine tiefe, schmerzhafte, nicht einzuordnende Sehnsucht. Du fragst dich, wonach du dich sehnst und weißt es gar nicht. Du spürst sie nur. Du bist nicht in deiner Mitte, versuchst dies, versuchst jenes, doch nichts scheint zu helfen.

Erkenne, dass dich vermutlich deine Seelenheimat ruft.

Sehnsucht zu haben und nicht zu wissen, wonach du dich sehnst, ist ein direkter und sehr starker Indikator, dass deine Seelenstimme dich ruft. Sie ruft dir zu: »Liebes, es ist an der Zeit, dich nach Hause zu begeben. Deine innere Welt wartet!«

Traurigkeit als Seelenruf

Du fühlst dich traurig und weißt gar nicht so genau warum?

Und doch spürst du sie. Diese Traurigkeit. Tief in dir. Sie kommt meist ohne Vorwarnung und lässt dich an vielem zweifeln. Manchmal geht sie wieder einfach so. Manchmal aber, bleibt sie. Und dann versuchst du, mit ihr zu leben. Du verdrängst sie bravourös, doch immer wieder kriecht sie aus allen Poren deines Lebens hervor. Sie begleitet dich, wie eine dunkle Wolke hoch über dir.

Kennst du diese Art der Traurigkeit? Ja? Wie lange ist sie bereits deine Gefährtin? Schon seit Monaten oder gar Jahren?

Dieses Gefühl der Bekümmertheit und Niedergeschlagenheit ist nicht ohne Grund bei dir, liebes Menschenkind. Sie macht dich darauf aufmerksam, dass etwas Essenzielles in deinem Leben fehlt. Und zwar die Seelenverbindung zu dir selbst! Die tiefe Verbindung zu deiner Seele. Dein Inneres wurde traurig, weil dir deine echte, innere Anbindung fehlt – deine Seelenheimat.

Erst, wenn du dies verstehst, kannst du es verändern. Du kannst lernen, in deine innere Heimat zu reisen. Du kannst dir dieses zyklische Heimkehren aneignen. Du kannst wieder (neu) lernen, wo und wie du Seelennahrung zu dir nimmst. Das wird deine dumpfe Traurigkeit auflösen. Und sollte sie irgendwann erneut an deine Türe klopfen, so wirst du wissen, was zu tun ist. Lerne, auf dieses innere Bedürfnis zu hören!

Hörst du deinen Seelenruf?

Ich bin ganz leise.
Nehme ein Geräusch wahr.
Was ist das?
Eine Stimme?
Ein Wispern?
Ein zartes Rufen?
Kann das sein?

Ich bin nicht sicher.
Wende mich ab.
Wische es weg.
Nein, da ist nichts.

Doch ein unbehagliches Gefühl bleibt.
Es begleitet mich.
Und dann ist es wieder da.

Hier!
Hörst du es?
Da ist es wieder.
Ich nehme etwas wahr.
Und bin mir jetzt ganz sicher.

Doch was ist es?
Kann es nicht greifen.
Kann es nicht sehn.
Bilde ich es mir ein?
Nein! Ich fühle es tief in mir.

Und plötzlich höre ich es ganz deutlich.
Es wird immer lauter.
Immer klarer.
Immer präsenter.

Dann weiß ich es: Du bist es!
Du bist es, die mich ruft.

Ich lasse alles los.
Nichts anderes ist mehr wichtig.
Erspähe deine Hand, die mich führt.
Spüre deinen Duft, der nach Geborgenheit riecht.

Lasse mich ein, dir zu folgen.

Immer.

Und immer wieder.

Immer ganz.

Dort darf ich sein.

Hier gehöre ich hin.

Dort tanzt meine Seele im glitzernden Schein.

Höre genau hin. Hörst du ihr Rufen? Spitze deine Ohren! Bemerkst du ihr Bemühen, dich zu erreichen?

Sage mir, Liebes, vernimmst du den magischen Seelenruf? So spitze deine Ohren!

Weißt du, es ist allein deine Angelegenheit, sie zu hören und den Ruf wahrzunehmen. Es ist deine Aufgabe, in deine Seelenheimat zu kehren. Um dort Energie zu tanken, dich zu nähren, mit altem Wissen zu verbinden und alte Pfade (wieder) zu begehen. Deine Seele wahrzunehmen. Ihr zuzuhören.

Ignorierst du deine Seele zu oft, wird ihr Rufen immer lauter werden. Und vehementer! Sie wird Mittel und Wege finden, sich zu äußern. Und dabei wird ihr jede Methode recht werden.

Etliche Symptome und Krankheiten sind mitunter Ausdruck eines ungehörten Seelenrufes. Das ist euch Menschenkindern nur sehr oft nicht bewusst. Ja, eure Seelen wollen wahrgenommen werden – deine Seele will gehört werden! Sie wird sich immer wieder zeigen und so laut sein, bis du sie hörst. Bis du dich ihr endlich ganz und gar zuwendest.

Deine Seelenheimat

Stundenlange Autofahrt.
Der Rücken ist verspannt.
Der Popo tut weh.
Der Kopf voll von Gedanken der letzten Wochen.
Die Beine verkrampft.
Der Magen knurrt.

Doch all das schiebt sich in den
Hintergrund, sobald ich dich spüre.
So lange hab' ich gewartet.
So lange hab' ich dich vermisst.
Und jetzt trennen mich nur noch
ein paar Meter von dir.
Wenige Minuten.
Gleich bin ich da!
Ich spüre dich schon.

Ich höre dich rufen:
»Endlich bist du hier.
So lange habe ich gewartet,
bis du meinen Ruf erhörst.
Komm zu mir. Endlich bist du hier.«

Deine Seelenmelodie erreicht mich.
Berührt mich ganz tief.
Dockt an.
An den tiefsten Schichten meines Seins.
Bringt so vieles in mir zum Klingen.
Meine Sehnsucht füllt mich aus.
Nichts kann mich noch halten.

Ich sehe dich.
Meine Aufregung ist weg.
Jetzt gibt es nichts außer dich und mich.
Nichts anderes ist mehr wichtig.
Wenn jetzt die Welt unterginge,
würd' ich es nicht merken.

Und dann spüre ich dich.
Ich rieche dich.
Schmecke dich.
Mit all meinen Sinnen.

Tauche ich ein.
Ganz tief.
Lasse mich fallen.
Voller Vertrauen.

Tauche ein.
Lasse Altes los.
Gebe mich hin.

Ich spüre, wie wir uns verbinden.
Im Gleichklang schwingen.
Heilung geschieht.
Erneuerung passiert.
Altes löst sich.
Die Außenwelt verschwindet.
Scheint nicht mehr bedeutungsvoll zu sein.

Hier kann ich loslassen.
Hier komme ich heim.
Ich spreche deine Sprache.
Singe deine Lieder.
Erzähle deine Geschichten.

Werde genährt und tanke auf.
Mit all meinen Sinnen.
Voller Vertrauen springe ich hinein.
Spüre meine tiefe Verwurzelung.
Und weiß, hier gehöre ich hin.
Mit all meinem Sein.

Kehre auch du, liebe Menschenseele, zurück. Zurück zu dir. In deine Seelenheimat. Gehe zu deinem inneren Kraftplatz. Höre den inneren Ruf, Liebes, der auch dich ganz bestimmt immer wieder ereilt. Ja, sogar ereilen muss!

Du kommst gar nicht aus, ohne dich regelmäßig in deine Seelenheimat zu begeben, denn dort tankst du auf. Dort gehst du hin, wenn du nicht mehr weiterweißt.

Dort suchst du Rat und Antworten –
und erhältst sie auch.
Dort weinst du dich aus und suchst Trost –
und findest ihn auch.

Dort gehst du instinktiv und oft sehr unbewusst hin, wenn du sagst, ich halte dieses und jenes nicht mehr aus – und wirst gehalten und beschützt.

Dort badest du in der Quelle deiner Ur-Instinkte.

Dort tankst du auf und trinkst Kreativität und Schöpferkraft aus dem kostbaren Kelch der Inspiration. Dort verbindest du dich mit der göttlichen Quelle allen Ursprungs.

Was ist deine Seelenheimat?

Was aber ist diese innere Heimat, von der ich hier spreche?

Liebes, es ist ein tief in dir liegender Kraftplatz. Ein Seinzustand – wo du einfach bist!

Wo du dich durch und durch gut fühlst. Nicht zu begreifen mit deinem Verstand. Es ist ein Ort, wo du genau richtig bist, so wie du bist. Dort passt einfach alles! Hier fühlst du dich wohl und wahrhaftig.

Kehre auch du heim. Ziehe dich raus aus der äußeren Welt und wende dich hin in deine Innenwelt. Kehre nach Hause zurück! Hier triffst du deine Seele. Dort sprudelt deine Urquelle und du kannst dich nähren, am göttlichen Licht, das auch du in dir trägst.

Es ist ein innerer Ort, an dem du einfach sein kannst, dich fallen lässt. Wo du pur bist, dich auffüllen kannst, laben und regenerieren und wo all deine Ur-Instinkte zu Hause sind.

Es ist ein Raum, in dem es keine Gedanken gibt. Dein Verstand hat dort keinen Zugang. Es ist der Zustand, in dem du glücklich bist. Hier ist eine magische Quelle, in der alles entspringt. All dein Schöpfertum, deine Instinkte, dein Ur-Wissen, deine Seelenerinnerungen. Dort kannst du baden, trinken, tief eintauchen. Hier bist du wahrlich zu Hause!

Du möchtest gerne wissen, was passiert, wenn du in deiner Seelenheimat bist?

Deine Aufmerksamkeit und dein Gewahrsein sind nicht länger im Außen fokussiert, sondern nach innen gerichtet. Dein Bewusstsein zieht sich mehr und mehr nach innen, quasi in deinen Körper hinein. So als würdest du dich selbst (deinen Geist, dein Denken, dein Fühlen) mit einem Lasso einfangen und dann das Seil einholen.

Du ziehst so lange, bis du bei deinem Körper angelangt bist und dann »gehst du in dich hinein«. Dein Blick zieht sich von außen nach innen zurück, deine Augen drehen sich in gewisser Weise nach innen und tauchen in dich hinein. Stelle dir eine Art innere

Treppe vor, die du Stufe für Stufe hinabsteigst – genau dort beginnt die Reise zu dir selbst.

Kennst du diesen Ort? Wann warst du das letzte Mal bewusst dort? Wie oft kehrst du heim? Und wie oft brauchst du es in deine Seelenheimat zu gehen?

Befreiendes Eintauchen

Meine Haut brennt.
Sie ist rissig.
Von zu viel an Außen und zu wenig an Innen.
Meine Haut ist aufgeplatzt.
Hat Wunden davon getragen,
von meinen Kämpfen.
Von all den Gefechten im Außen.
Blass und schal ist meine Schicht geworden.
Hat keine Lebenskraft
und Energie mehr gespeichert.
Altlasten kleben an ihr und
ersticken meine Poren.

Es ist Zeit.
Zurückzukehren.
Zeit für mich.

Ich sehe dich.
Ich spüre dich.
Dein Ruf dringt in jede Faser meines Körpers.
Langsam tauche ich ein.
Zentimeter für Zentimeter.
Nicht, weil ich Angst habe. Nein.
Weil ich es genieße.
Stück für Stück einzutauchen.

In dem Moment, wo du meine Haut berührst,
scheint es zu zischen.
Zu britzeln.
Funken beginnen zu sprühen.
Du benetzt meine Haut.

Ich spüre Erleichterung.
Tiefe, langanhaltende Erlösung
macht sich in meinem Inneren breit.
Deine Frische dringt in meine Poren.
Klarheit dringt in jede Öffnung ein.
Jede Zelle trinkt von dir.
Gierig und sinnlich zugleich.
Nährt sich an dir.
Labt sich an deiner Schönheit.
Saugt Heilung auf.

Meine Haut wird straff und fühlt sich prall an.
Tief genährt und aufgepumpt.
Weg sind alle Risse und Verbrennungen.
Meine Hülle leuchtet und funkelt.
Meine Zellen tanzen vor wilder Lebensfreude.
Mein Inneres beginnt sich mehr und mehr
aufzufüllen.
Und Stück für Stück beginne ich zu leuchten.

Liebes, dieses Eintauchen oder Heimkehren, ist immer wieder etwas ganz Besonderes.

Und zwar jedes einzelne Mal! Du wirst es lieben und dich darauf freuen. Immer wieder. Es fühlt sich an, wie wenn du ausgetrocknete Haut mit pflegender, wasserreicher Creme verwöhnst oder mit sonnenverbrannter Haut tief in heilendes Aloe Vera Wasser eintauchst.

Wie eine ausgetrocknete Pflanze, die Wasser trinkt und wieder aufblüht, sich genährt aufrichtet und gen Himmel streckt.

Wie eine Umarmung von einer Mutter, die ihr Kind mit Liebe umfängt oder zwei Liebende, die sich in den kraftvollen Mantel ihrer wärmenden, schützenden Liebe hüllen.

Bleibe so lange, wie du es brauchst! So lange, wie es sich für dich richtig und gut anfühlt. Gehe keine Minute vorher wieder weg. Und genieße. Trinke. Tanke. Transformiere.

Wie lange dauert das Eintauchen?

Dies ist unterschiedlich. Es kommt darauf an was, du gerade brauchst oder wie lange du von zu Hause weg warst. Dieses Eintauchen ist lebensnotwendig, wenn du nicht innerlich austrocknen und seelisch verhungern willst. Denn hier, und zwar nur hier, kannst du vollständig auftanken und dich aufladen mit neuer Energie, die deine Seele nährt. Nur hier kannst du vollständig heilen und die Medizin finden, die du so sehr brauchst.

Dein Weg nach Hause

Wie kommst du nun nach Hause, fragst du dich?

Du kommst auf verschiedenen Wegen, mit allen möglichen und unterschiedlichen Transportmitteln nach Hause.

Es gibt so viele verschiedene Methoden, nach Hause zu gehen, wie es Menschen gibt. Und noch viel mehr. Dies ist so individuell, wie Menschen unterschiedlich sind.

Transportmittel versetzen dich innerlich in einen Zustand, der dir ein seelisches Ankommen ermöglicht.

Lasse mich ein paar aufzählen, damit du ein Gefühl dafür bekommst, was ich damit meine.

Als wunderbare Transportmittel eignen sich ganz besonders Aufenthalte in der Natur – hier findest du beinahe automatisch nach Hause:

- bei einem Waldspaziergang,
- beim Schwimmen in einem See,
- beim Sitzen an einem Fluss,
- auf einer Wiese liegend,
- beim dich von Sonnenstrahlen wärmen lassen,
- beim Sonnenuntergang/-aufgang beobachten,
- den Wind auf deiner Haut und in deinen Haaren genießend,
- am Meer sitzend und dem Wellenspiel lauschend,
- beim Berggipfel genießen usw.

Manche versinken bei verschiedenen Tätigkeiten ganz leicht in ihr Inneres:

- beim Lesen eines Gedichtes,
- beim Hören wunderschöner Melodien oder Klängen,
- beim Tanzen,
- beim Malen eines Bildes,
- beim Schreiben eines Gedichtes,
- beim Basteln eines Projektes,
- bei so mancher Handarbeit,
- beim Kochen,
- beim Gemüse schnippeln usw.

An wiederum anderen Tagen tauchst du womöglich ganz leicht in dein Inneres, wenn du in Ruhe gehst:

- beim ruhigen Sitzen und scheinbar ins Leere starren,
- beim Meditieren,
- beim Liegen auf Mutter Erde,
- beim Beobachten des (Sternen-)Himmels in der Nacht,
- beim Anblick eines Feuers, dessen flackernde Flammen du beobachtest,
- beim Beobachten von vorbeiziehenden Wolken usw.

Ja, auch bei manchmal recht einfachen Tätigkeiten – gerade da (!) – kommst du sehr oft in diesen Zustand des inneren Zuhauses. Immer aber sind es jene Beschäftigungen, die du liebst und du von Herzen gerne machst.

Jene, bei denen du automatisch in einen Flow kommst, wenn du sie ausübst.

Höre in dich hinein, Liebes, erspüre, was für dich gute innere Fortbewegungsmittel sind.

Immer wenn du in einen Zustand der inneren Leere und Fülle gleichzeitig fällst und dich getragen und hochgehoben fühlst, bist du auf dem Nachhauseweg. Du spürst es, wenn du dich vollkommen wohl und in dich getragen fühlst. Wenn du in einen Seinszustand fällst, in dem alles passt, du dich rundum gut fühlst – dann bist du in deiner Seelenheimat gelandet.

Ja, gut, jahrelange Übung schadet hier bestimmt nicht und hilft natürlich ungemein. Aber lass dir gesagt sein, auch du wirst relativ schnell Übung darin haben und immer rascher (und tiefer!) in deine Seelenheimat eintauchen können. Je öfter und regelmäßiger du es machst, desto schneller wird es auch bei dir »passieren« – Hand aufs Herz, versprochen!

Das schnellste und verlässlichste Transportmittel für Ozeanseelen wie dich ist wahrscheinlich das Lauschen und Beobachten von Meereswellen. Das Verweilen am Meer. Hier tauchst du fast augenblicklich in tiefe Seelenwelten ein und katapultierst dich innerhalb von Sekunden in deine Seelenheimat.

Menschen, die dem Meer sehr zugetan sind, werden wahrscheinlich alles rund um das Meer und die Energie des Wassers, als Transportmittel verwenden können. Probiere es aus. Probiere dich aus!

Nimm zum Beispiel einen Meeresstein (irgendein Stein vom Meer, der dich anspricht) in deine Hand und sei eins mit der Steinseele. Lasse dich in den Stein »fallen«. Höre Meeresrauschen in stimmungsvoller Umgebung.

Betrachte ein Bild, das den Ozean oder die Wellen eingefangen hat. Schließe deine Augen und denke an das Meer. An einen besonderen Platz am Strand. Spüre die Felsen unter dir. Tauche ein und tanke auf.

Jeder darf und muss für sich selbst herausfinden, wie er oder sie am besten und leichtesten in diesen innerlichen Zustand kommt.

Manchmal ist es auch so, dass ein Weg funktioniert hat und dann ein paar Tage später plötzlich nicht mehr. Dann ist der Zugang über diesen Weg mit einem Mal verschlossen. Das kann passieren und ist völlig normal. Mache dir keine Sorgen. Es gibt immer verschiedene, andere Wege.

Meist werden sich ein paar Zugänge für dich zeigen, die du beibehalten magst.

Es ist wie bei einer Lieblingsspeise: Du weißt, wie gut sie dir schmeckt, und freust dich, immer wieder darauf, sie zu essen. Jeder findet die für sie oder ihn richtigen Zugänge. Hier darfst du gerne herumprobieren. Spiele mit den verschiedenen Möglichkeiten, die dich ansprechen und dir zusagen. Vertraue dir und deinen Impulsen.

Und vergiss nie: Du wirst geführt!

Du wirst weise dorthin geführt, wo du findest, was du brauchst und was für dich wichtig ist.

Fragen, Tipps & Anregungen

Wann und bei welchen Tätigkeiten oder Orten fällst du beinahe automatisch in eine Art innere Leere, wo sogar deine Gedanken schweigen?

Wann wirst du innerlich so ruhig und gehst automatisch auf Reisen in ferne Dimensionen? In andere Welten?

Manchmal äußert sich das wie Tagträumen oder ins berühmte »Narrenkastl schauen«. Kennst du das? Wahrscheinlich schon, oder?

Überlege dir, wo dir das gerne passiert. In welchen Situationen? Womöglich und sogar sehr wahrscheinlich, fällt dir das in einer bestimmten Umgebung besonders leicht. Vielleicht in der Natur? Bei bestimmter Musik? Bei welchen Tätigkeiten?

Wie oft passiert dir das? Was brauchst du, um in diese »besondere Stimmung« zu kommen?

Diese Antworten werden dir wertvolle Hinweise auf deine Transportmittel zur Reise ins Seelenmeer geben.

Seelennahrung

Ich lasse los.
Das Seil, das mich mit der Außenwelt verbindet.
Ich brauche es nicht länger.
Ich will es nicht mehr.
Bindet mich fest.
An Konventionen, Abhängigkeit und Illusion.

Ich lasse los.
Gebe mich vollständig hin.
Katapultiere mich in ferne Dimensionen.
Und schwebe im Meer des Vertrauens.

Ich spüre, wie mein Bewusstsein wächst.
Meine Kraft größer und größer wird.
Tauche ein, in die Gewissheit zu schaffen,
was geschaffen werden soll.

Öffne in mir das Ventil zur
grenzenlosen Leidenschaft.

Habe mich nie lebendiger gefühlt.
Hier verbinde ich mich mit
der heiligen Urquelle in mir.

Tauche ein, in einen nie enden wollenden Strom
an Ideen, Impulsen und Erkenntnissen.
Hier habe ich Zugang zum kosmischen Wissen,
wonach mich so sehr dürstet.
Hier kann ich mich verbinden,
mit meinem heiligen Schaffensstrom.

Ein pulsierender Quell,
der mich nährt und mich sättigt.
Es ist nicht möglich, dass er versiegt.
Es ist nicht möglich, hier den Weg zu vergessen.

Tief in mir finde ich den Weg immer.
Immerfort, wenn ich es will.
Wieder und wieder, wenn ich es brauche.
Hier empfange ich Eingebungen,
gebäre ich Impulse.

Ich verbinde mich.
Tanke mich auf.
Mit kosmischer Seelennahrung.

Endlich bist du in deiner Seelenheimat angekommen, Liebes!

Schaue dich um. Hier gibt es so vieles zu entdecken. Genieße! Heile! Sei einfach! Hier kannst du verweilen und dich nähren. So lange, du es brauchst. So lange, du es willst. So lange, wie es dir guttut.

In deiner Seelenheimat gibt es keine Regeln und keine Verbote. Weder Richtlinien noch Normen. Keine Grenzen oder Barrieren. Und du wirst feststellen, dass auch Zeit und Raum hier keinerlei Bedeutung haben.

Genieße deine Seelennahrung!

Seelennahrung, mein Liebes, ist im Grunde alles, was deiner Seele guttut, dich nährt und mit leuchtender Energie auffüllt.

Zum einen sind das natürlich auch Lebensmittel, die wie das Wort schon sagt »Leben vermitteln«. Echte naturbelassene Lebensmittel, (Heil-)Kräuter, Gemüsesorten, die auf Mutter Erde wachsen und von der Sonne geküsst wurden. Suppen, Eintöpfe und Gerichte, die voll echter Nährstoffe und Lebenskraft stecken, die deinen Körper auf allen Ebenen nähren.

Seelennahrung ist aber auch alles, was dein Herz berührt und dich deiner Seele wieder näherbringt. So werden natürlich auch die Transportmittel in deine Seelenheimat, immer auch zu deiner Seelennahrung.

Seelennahrung erkennst du daran, dass sie dich in einen Zustand bringt, der dein Inneres auf allen Ebenen deines Seins nährt. Seelennahrung bringt dir die Energie, die du für deine Herzkraft brauchst, um deinen Seelenweg leicht und im Einklang mit der Schöpfung zu gehen.

Als wahrhaftige Nahrung für die Seele, zählt natürlich auch uraltes Wissen, an das du und deine Zellen sich wieder erinnern.

Gleichermaßen wird deine Intuition zusehends lauter und kräftiger, je seelengenährter du bist.

Bist du erst einmal in deiner Seelenheimat angekommen, wirst du aufgetankt – und zwar genau so, wie du es brauchst und es gut für dich ist.

Erinnere dich - altes Wissen strömt

Ein innerer Kanal öffnet sich.
Wie ein Licht, das durch einen Türspalt fällt.
Zuerst nur ein klein wenig.
Der Lichtschein wird immer größer.
Die Türe geht immer weiter auf.

Das Licht breitet sich aus.
Wird strahlender.
Größer.
Leuchtender!

Der Eingang wird zum großen Portal.
Die Doppelflügel der Pforte
öffnen sich in diesem Moment vollständig.

Magisches Licht dehnt sich aus.
Durchflutet Zeit und Raum.

Heraus aus dem Portal des kollektiven Wissens.
Wo wir alle verbunden sind.
Wo wir alle Zugang haben.

Es wird hell und heller.
Fließt immer weiter.
Es flutet mich im Innen,
es durchflutet mich im Außen.
Es durchströmt mein ganzes Sein.

Liebes, wie würde es dir gefallen, wenn es eine Art innere Zapfsäule gäbe, an der du dich nur anzuhängen, zu verknüpfen oder anzudocken bräuchtest und schon würdest du in Verbindung mit dem Kosmos stehen? Du hättest direkt Verbindung zu den Erinnerungen deiner Ahnen und Zugang zu universellem Wissen. Würde dir das gefallen? Würdest du den Zugang nutzen? Ja?

Und warum tust du es dann nicht?

Denn genau so etwas gibt es. Und zwar hier!

Wir sind alle miteinander verbunden und verwoben und können, sofern wir den Weg kennen, an diese Quelle gelangen.

An diesem Ort kannst du dich verbinden, mit der unerschöpflichen göttlichen Quelle. Mit dem kollektiven Urwissen. Tief genährt in deiner Seelenheimat, bist du vernetzt mit dem kosmischen Raum. Mit dem Geflecht, in dem wir Seelen alle tief verwoben und eingebunden sind. Hier kannst du dich mit dem Urwissen der Welt verbinden. An diesem Ort strömt altes Wissen in dich und deine Zellen. Hier verbindest du dich mit dem göttlichen Bewusstsein, zu dem jede Seele Zugang hat. Dies passiert mehr und mehr, wenn du Zeit in deiner Seelenheimat verbringst.

Tanke auf. Empfange Impulse. Trinke pure Weisheit. Nimm magische Seelennahrung zu dir!

Nähre dich. Labe dich. Schließe für eine gewisse Weile, die Türe zu deinem äußeren Leben. Mache sie einfach zu – und wende dich nach innen!

Hier ist nichts anderes wichtig, als dass du dich stärkst, innerlich auflädst und Energie tankst. Dass du das Wissen trinkst, nach dem es dich so sehr dürstet, deine Chakren, deinen Energiekörper reinigst und deine Schwingungsfrequenz erhöhst. Hier heilen deine zerschlissenen Zellen. Altes fällt ab. Neues beginnt zu wachsen. Du legst dich in dein inneres Meer, um zu heilen. Es erwartet dich heilsamer Frieden und du hast hier die Möglichkeit, wahrhaftige göttliche Erkenntnisse zu erlangen. Und zwar immer und immer wieder.

Bote der Seele - deine Intuition

Du, mein weisester Kompass du bist.
Du bist nicht greifbar.
Du bist nicht sichtbar.
Du bist nicht verhandelbar.

Aber sehr wohl fühlbar.
Beinahe abrufbar.
Du bist mein großes Geschenk.
Meine größte Gabe.
Mein allwissender Wegweiser.

Lange Zeit konnte ich dich
nicht wahrnehmen.
Wollte dich nicht sehen, hören und spüren.
Weil es nicht immer bequem war.
Du mich aus meiner Komfortzone holst.

Gnadenlos.
Du mich auf neue Wege schickst.
Bedingungslos.

Lange Zeit habe ich nicht wahrhaben wollen,
dass du mein größter Schatz bist.

Mich immer auf die Wege führst,
die zu gehen sind.

Mich zu den Orten schickst,
an denen Magie auf mich wartet.

Mich mit den Menschen zusammen führst,
die neue Erkenntnisse bereithalten.
Mich mit Situationen in Verbindung bringst,
die wichtige Botschaften beinhalten.

Du, mein weisester Kompass du bist.

Liebes, die Intuition ist das Sprachrohr deiner Seele. Eine direkte Verbindung zur Seele und Seelenheimat.

Deshalb ist es wesentlich, dass du dich um deine Intuition kümmerst. Erkenne, dass ein weiser Führer in dir wohnt. Nimm deine Intuition wieder wahr. Lerne, sie zu spüren und zu hören. Lerne, zu verstehen, auf welche Art und Weise, sie zu dir spricht.

Sie ist ein Verständigungsmittel deiner Seele (es gibt noch mehrere, aber diese hier ist sehr wichtig). Sie ist quasi das Band zu deiner Innenwelt – die Verbindung zu deinem Unbewussten. Wenn das Band zu deiner inneren Welt sehr stark ist, ist deine Intuition sogar auf eine gewisse Art und Weise abrufbar.

Du glaubst mir nicht? Probiere es aus!

Intuition kannst du trainieren, wie einen Muskel. Je mehr und je öfter du in dich hineinhörst, desto stärker, schneller und besser wirst du die Stimme deiner Seele hören.

Sie ist ein so unglaublich wertvolles Geschenk. Deine größte Gabe und dein weisester Kompass! Du kannst dich blind auf sie verlassen. Sie weiß immer, was zu tun ist. Sie weiß, in welche Richtung du gehen sollst. Auch wenn dir die Sicht daraufhin noch verwehrt ist. Öffne deine inneren Augen. Öffne ihr dein Herz. Und dann folge ihr! Schritt für Schritt.

Was ist Intuition überhaupt?

So wie deine Gedanken die Sprache deines Verstandes sind, so ist deine Intuition die Sprache deiner Seele. Deine innere Stimme.

Die Aufgabe der Intuition ist es, dir die Wahrheit zu sagen. Dich zu führen, durch den »Lebensdschungel« hin zu deinem inneren (längst vor Geburt festgelegten) Seelenplan. Ignorierst du deine Intuition, sitzt du in einem Alltag fest, in dem nichts (Neues) wachsen kann. Intuition hast du immer in dir, sie ist immer da, nur hörst du sie manchmal nicht. Du vertraust dieser inneren Stimme vielleicht auch nicht. Möglicherweise bist du auch nicht sicher, ob es deine Intuition ist oder dein Kopf, der zu dir spricht. Vor allem, wenn du sie sehr lange ignoriert hast.

Aber keine Angst, diese Verbindung ist immer in dir und du kannst sie jederzeit aktivieren, erneuern und verstärken. In deiner Seelenheimat erneuert sich diese Verbindung. Je öfter du darin eintauchst und je mehr du auf deine Intuition hörst und danach handelst, desto stärker wird dieses Band werden.

Aufgabe der Intuition ist es, dafür zu sorgen, dass du im Gleichgewicht bist. So sagt sie dir ständig, wo und wenn du es nicht bist. Deine Intuition wird antworten, wenn du konkrete Fragen stellst. Immer. Sie führt dich zielsicher wie ein GPS-System durch deine Landkarte des Lebens.

Gibt es einen Unterschied zwischen Intuition und Bauchgefühl?

Ja, den gibt es.

Obwohl manche Menschen Intuition und Bauchgefühl als dasselbe wahrnehmen und diese Worte auch synonym verwenden, gibt es meiner Meinung nach einen Unterschied. Sogar einen recht empfindlichen. Prüfe aber auch hier für dich genau nach und entwickle dein wahrhaftiges Gespür für deine eigene Wahrheit.

Ich behaupte, Intuition und Bauchgefühl sind unterschiedliche Dinge. Warum ich das glaube? Nun, das Bauchgefühl greift auf Erfahrenes und Erlebtes zurück, während die Intuition, wie schon erwähnt, die Sprache deiner Seele ist.

Lasse mich das anhand eines Beispiels erklären:

Wenn du vorhast, etwas Neues auszuprobieren, wie z.B. allein zu reisen, endlich ein Seminar zu veranstalten, vor Publikum zu sprechen oder irgendetwas Vergleichbares, und du unbekanntes Terrain betrittst, werden sich wahrscheinlich Ängste in dir melden. Du gehst an deine Grenzen und darüber hinaus. Somit dehnst du sie aus!

Das ist immer sehr bereichernd und tut dir gut, denn es erweitert deinen Horizont, aber es kann dir natürlich auch Angst machen.

Und so kann es sein, dass dein Bauchgefühl dir Angst und Enge oder sogar Gefahr signalisiert:

»Vorsicht! Das könnte unangenehm werden. Du könntest scheitern, dich blamieren, was auch immer.«

Dein Bauch kann mit unguten Gedanken oder komischen Gefühlen reagieren.

Und manchmal vielleicht sogar mit Bauchgrimmen, Schmerzen oder Krämpfen.

Deine Intuition aber sagt dir: »Hey, diese Erfahrung ist wichtig für dich. Sie tut dir gut. Gehe durch diese Erfahrung durch und lerne. Sie bringt dich weiter, voran in deine Spuren!«

Merkst du den Unterschied? Siehst du, aus welch unterschiedlichen Feldern beide Begriffe kommen? Spürst du das? Deine Intuition wird dir immer wichtige und richtige Wege und Schritte aufzeigen. Nur sind das nicht immer leichte Schritte und einfache Lektionen. Die Intuition ist bestrebt, dich wachsen zu lassen – permanent.

Lerne auf deine Intuition zu hören und ihr zu vertrauen. Mehr und mehr. Sie wird dich immer mit deiner Herzkraft hin zu deinem Seelenplan führen. Sie trägt das Wissen über die Lebenszyklen in sich. Die Aufgabe deiner inneren Stimme ist es, dich zu führen, damit du gut in Balance und ausgeglichen bist.

Verweildauer - Nähre deine Wurzeln

Ich stille meinen unbändigen Durst.
Nähre meine ausgehungerten Zellen.
Sättige meinen drängenden Hunger.
Ich tauche, so tief ich es brauche.
Schwimme, so lange es mir Spaß macht.

Ich frage, solange ich Antworten suche.
Versenke mich so tief, wie ich es vermag.
Recke mich so weit,
bis ich Überblick habe.
Fliege so hoch, bis ich andere Dimensionen treffe.
Erkunde die Ferne, so lange ich es auch brauche.

Ich breite meine Flügel aus.
Und wachse so – in meine wahre Größe.

Du möchtest wissen, wie lange du in deiner Seelenheimat bleiben sollst?

So lange, wie es nötig ist.
So lange, wie du es brauchst.
So lange, wie du möchtest.
So lange, wie es dein inneres Gefühl dir sagt!

Es wird unterschiedlich sein, wie lange du bleibst. Manchmal ist eine Stunde ausreichend. Hin und wieder reichen auch bereits ein paar Minuten. Und dann wiederum brauchst du mehrere Stunden, um dich aufzuladen. Das ist immer anders und von Situation zu Situation verschieden. Die Verweildauer hängt davon ab, wie sehr du in Unausgewogenheit geraten bist. Und auch, wie oft du gewöhnlich deine innere Heimat besuchst.

Mache dir keinen Kopf, du wirst es merken und wissen. Erzwinge hier nichts.

Denn: je regelmäßiger du nach Hause gehst, desto weniger lang wird es nötig sein.

Je weniger und auch seltener du in deine Seelenheimat reist, desto ausgehungerter wirst du sein. Dann wirst du wohl ein paar Stunden brauchen, damit du deinen »Seelen-Grund-Hunger« stillst. Du wirst dich immer wieder mal bei den Gedanken ertappen:

»Nein, ich habe keine Zeit. Jetzt passt es mir gerade gar nicht. Und außerdem ist dieses und jenes wichtiger…«

Tja. Wisse, wie wichtig es ist, dir Zeit für deine Seelenreise zu nehmen.

Keine Zeit zu haben, bedeutet keine Zeit für deine seelische Gesundheit zu haben. Und zu lange nicht nach Hause kehren, tut nicht gut. Verbinde dich regelmäßig und nimm dir immer wieder Zeit heimzureisen.

So fällt es dir leicht, laufend in deine innere Welt zu reisen – und wird so ein wichtiger Bestandteil deines Lebens.

Nebelschleier & Trübungen

Ich kann dich hören, doch ich sehe dich nicht.
Ich kann dich spüren, doch ich finde dich nicht.
Ich kann dich wahrnehmen,
doch ich erreiche dich nicht.

Bist du real?
Wirklich echt?

Bilde ich mir dich nur ein und
du bist ein Phantom?
Bist du nur ein Nebel, der vorüberzieht?

Wo bist du?
Ich kann dich nicht greifen,
kann dich nicht erspähen.
Ich kann dich weder sehen
noch bekomme ich dich zu fassen.

Unbeirrbar weiß ich,
tief in mir ist ein kleines Licht.
Es trägt mich zu dir, es lässt mich vertrauen.

Tief in mir, da bin ich sicher, du bist da.
Tief in mir, da spüre ich,
du bist mir sogar schon richtig nah.

Fühlst du dich oft einsam?

Irgendwie abgeschnitten von dir selbst, von deiner Seele? Fällt es dir oft schwer, deine Seelenstimme zu hören? Fällt es dir oft schwer, dich selbst zu spüren?

Dann liegt das sehr oft an nebeligen Schleiern, die deinen Blick trüben und über dein Leben gelegt sind, quasi darüber gestülpt wurden.

Schleier trüben die Verbindung zu deiner Seele, trennen dich, halten dich ab. Von dir selbst. Von deiner Verbindung zu deiner Seele, zu deiner Seelenheimat. Es fühlt sich an wie eine unsichtbare Membran, die du zwar wahrnimmst, aber irgendwie nicht zu durchtrennen vermagst.

Wie ein Nebelschleier, der sich vor dich schiebt, und der dich nicht wirklich klar sehen lässt. Der dich von deinen echten, wahren Empfindungen abhält. Manchmal halten sie dich sogar regelrecht davon ab, nach Hause zu gehen.

Du fragst dich, welche Nebelschleier es gibt?

Oh, da gibt es einige, um nicht zu sagen, sehr viele. Ein paar sehr bekannte solcher Trübungen deines Seelenkanales möchte ich dir erklären.

Je mehr Nebelschwaden du auch in deinem Leben erkennen kannst, desto wichtiger und dringender ist es für dich, wiederkehrend in deine Seelenheimat einzutauchen.

Zu lange wegbleiben

Lange, dünne Schleier vernebeln mir den Blick.
Graue Wolken in meinem Hirn.
Was wollte ich noch gerade?
Was habe ich nicht zu Ende gedacht?
Ich weiß es nicht.

Ich bekomme das Gefühl nicht zu fassen.
Kann den Gedanken nicht lange genug halten,
um ihn zu Ende zu denken.
Was war gerade?

Krampfhaft versuche ich, die Eingebung festzu-
halten, damit sie mir nicht entflieht.
Fest presse ich die Hände zu Fäusten und doch,
zerrinnt der Satz mir zwischen den Fingern.
Wo ist er?

Weg ist er.
Der Satz. Der Gedanke.
Wo war ich?
Was war noch mal?

Wird wohl nicht wichtig genug gewesen sein,
sage ich mir.
Langsam und schwer wende ich mich ab.
Behäbig und lethargisch tauche ich wieder ein.
In lange dunkle Nebelschleier, die sich um jeden
Gedanken und jede Emotion schlingen.

Mich runterziehen, in eine graue Welt.
Wo sich langsam und unaufhaltsam,
der schwere Mantel des Vergessens
um meine Schultern hinzugesellt.
Mein gesamtes Dasein mit Schwere überzieht.

Kehrst du zu lange nicht nach Hause zurück, beginnst du regelrecht zu verdorren. Möchtest du das?

Du verdorrst wie eine Blume, die nicht gegossen wird.

Du wirst schwach und schwächer, wie ein Mensch, der keine Nahrung mehr zu sich nimmt.

Du trocknest aus, wie eine Wiese, wenn es nicht mehr regnet.

So ergeht es dir auch. Langsam und schleichend. Deine Gedanken hängen in irgendeiner Leere. Dein Blick wird trüb und seelenlos. Deine innere Kraft schwindet, deine Kreativität nimmt ab, dir fällt nichts mehr ein. Alltägliches fällt dir richtig schwer, deine Gefühle werden weniger intensiv und du fühlst dich abgeschnitten von dir, der Welt und deinen Gefühlen. Und das bist du auch. Abgeschnitten. Von deinem echten Fühlen, von deiner Seelenkraft. Das ist dann der Zeitpunkt, an dem du vielleicht sagst: »Ich spüre mich nicht mehr.« Kennst du diesen Zustand?

Bei zu langem Wegbleiben von deiner Seelenheimat beginnst du den Weg zurück zu vergessen. Stück für Stück geht deine seelische Erinnerung daran verloren. Scheinbar.

Aber keine Angst, du kannst immer zurück, wenn du das willst. Nur dauert es manchmal etwas länger, bis du die Wege wiederfindest. Es ist, wie wenn du zu lange arbeitest, ohne Pausen zu machen und neue Energie zu schöpfen. Irgendwann ist der Speicher leer. Irgendwann geht dann einfach nichts mehr. Und das ist auch gut so.

Menschen (und vor allem Frauen!) leben in Zyklen. Und regelmäßige Zyklen braucht es auch, um immer wieder nach Hause zu gehen. Um Energie zu tanken.

Am besten und am gesündesten ist es, eine Sensibilität zu entwickeln, damit du rechtzeitig spürst, wann du aufgerufen wirst, nach Hause zu gehen.

Entwickle auch du eine gewisse Regelmäßigkeit und Feinfühligkeit für deine Seelenheimat. Nur so stellst du sicher, dass du regelmäßig heimkehrst – und kommst immer mehr in deine Balance.

Angst

Du hast viele Gesichter.
Zeigst dich mal so und mal so.
Klebst mir im Nacken und lässt dich nicht abschütteln.

Ich suche nach dir, doch ich finde dich nicht.
Ich höre dich klagen, doch ich sehe dich nicht.
Ich laufe weg, doch du findest mich immer wieder.
Versuche, mich zu verstecken,
doch du bist immer dicht hinter mir.

Du hast viele Gesichter.
Erkenn' ich mal eins,
ist es am nächsten Tag wieder weg.
Und schon zeigt sich ein anderes.

Ich laufe wieder weg vor dir.
Doch du bist schneller.
Holst mich ein.
Immer wieder.

Und irgendwann mag ich nicht mehr.
Ich gehe neue Wege.
Lasse Altes hinter mir.
Und bleibe stehen.

Du kommst zu mir.
Wendest dich mir zu.
Ich sehe dich an. Lächle.
Ja, du bist hier.
Kann es spüren.

Nehme deine Hand.
Ich habe nichts zu verlieren.
Öffne neue Türen und gehe andere Wege.
Gemeinsam mit dir.

Und hier geschieht das Wunder.
Du verlierst deine Fratze.
Du lächelst zurück.
Strahlst mich an.
Zärtlichkeit erkenn' ich in deinem Gesicht.
Liebe spiegelt sich wider.

Ja.
Du hast viele Gesichter.

Furcht hat viele Gesichter und sie versteckt sich manchmal sehr gut. Sie täuscht. Sie verschleiert. Sie tarnt sich, um nicht erkannt zu werden.

Die Angst, mein liebes Menschenkind, ist ein großer Verhinderer, um nach Hause zu gehen. Die Angst ist ein Hindernis, das dir manchmal zu groß erscheint, um es zu überwinden.

Da gibt es die Angst, den Weg nicht mehr zurückzufinden. Angst vor dem Eintauchen oder davor, zu tief zu tauchen.

Angst, davor nicht mehr zurückzukönnen oder zu wollen.

Angst, nicht tief genug zu tauchen und den Weg erst gar nicht zu finden oder etwas falsch zu machen.

Angst, zu wenig zu machen oder zu viel. Ach, es gibt so viele Ängste.

Doch glaube mir, wenn du offenen Herzens den Weg nach innen suchst, wirst du ihn finden. Das, mein Liebes, ist sehr wichtig. Du wirst den Weg in deine Seelenheimat immer finden! Und genauso wirst du wieder zurückkehren in dein Alltagsleben.

Bei vielen Ängsten hilft die Strategie »Augen zu und durch« wie ein Zaubermittel. Einfach springen. Diese Ängste leben von der Dunkelheit und wenn du dich ihnen stellst, beleuchtest du sie. Deine Angst wird quasi ins Licht gestellt. Und schon verliert sie an Schrecken. Zack! Sie verändert sich. Sie wird klein(er) und sieht im Licht plötzlich anders aus, gar nicht mehr so schlimm.

Diese Erfahrung habe ich schon oft gemacht. Probiere es aus! Nicht zu viel (nach- und vor-) denken und schon gar nicht »zerdenken«. Sondern einfach und schnell machen. Wie reißt man am besten ein Pflaster ab? Genau – schnell und zügig!

Wenn dein Herz dich ruft, wenn dein Sehnen nach deiner Heimat groß wird, dann schaufle dir schnell Zeit frei und los geht's. Schaue deiner Angst ins Gesicht und öffne die Türe, um gemeinsam einzutreten. Nimm deine Angst an die Hand und folge deinem Ruf nach innen. Deine Seelenspur weist dir den Weg – wenn du mutig bist und vertraust.

Orientierungslos sein

Meine Gedanken drehen sich im Kreis.
Weiß nicht, wohin. Weiß nicht, was tun.

Fühle mich zerrissen.
Fühle mich ausgefranst.
So viel will ich tun.
So vieles erreichen.

Ich weiß nicht, in welche Richtung ich soll.
Wo soll ich hin?
Wohin mich wenden?
Was genau tun?

Ziellos wandle ich umher.
Wahllos konsumiere ich.
Ohne Sinn und ohne Ziel.

Nebelschwaden breiten sich tief in mir aus.
Trübnis verschleiert meinen Blick.

Je mehr ich versuche,
Klarheit zu durchdringen,
desto dichter der Schleier hier wird.

Je mehr ich mich anstrenge zu sehen,
desto undurchdringbarer der Nebel hier wird.
In mir. Um mich herum.

Ich bleibe stehen.
Ich atme.
Tief in mich hinein.
Ich erkenne, dieser Schleier darf sein.
Ja, ich heiße ihn willkommen, ganz tief in mir.

Du Nebel, verschleierst meinen Blick.
Wende den Blick ab von außen und
tauche tief in mich hinein.
Meine Augen drehen sich nach innen.
In meine innere Welt.
Ich lasse diese Verschleierung zu und
gebe mich ihr hin.

Je mehr ich atme,
desto leichter wird es in mir.
Ruhe breitet sich aus.
Ich atme weiter.
Ganz langsam fühle ich
den Frieden in mir aufsteigen.
Ja, ich weiß nicht, wohin.
Und lasse dies nun so sein.

Tief in mir wird mein Blick klarer,
mein Geist wach.
Ich vertraue, auf die Botschaften,
die aus meinem Inneren aufsteigen.
Ich vertraue, auf die Impulse,
die kommen werden.
Tiefer Frieden steigt in mir auf.

Ich spüre es.
Ich fühle mich innerlich befreit.
Ich fühle, wie meine Schwingung sich ändert.
Frieden macht sich breit.
Das Stillsein in mir lichtet meinen Blick.
Zeigt mir neue Wege auf.

Ich beginne mich wieder zu spüren.
Weiß wieder zielgenau,
wohin mein Fokus mich führt.
Wohin meine nächsten Schritte gehen wollen.

Bin wieder bereit, nächste Tore zu öffnen
und neue Pfade zu gehen.

Du weißt nicht, wohin mit dir? Du weißt nicht, wie es weitergeht? Wohin du gehen sollst? Wo dein Weg ist? Wünschst du dir manchmal ein Helferlein an deine Seite, das dir sagt, wie es weitergehen soll?

Hättest du am liebsten eine Art Reiseführer, in dem du nur nachlesen müsstest, welche Richtung an einer Kreuzung du nehmen solltest? Ja? Stellst du dir solche Fragen? Sind dir diese Wünsche nur allzu sehr vertraut?

Dann habe ich eine gute Nachricht für dich. All diese Antworten findest du in deiner Seelenheimat. Deine Intuition, die an der Quelle deiner Seelenheimat genährt wird, weiß all diese Antworten! Und sie wird dir antworten, wenn du sie fragst. Höre genau hin.

Oft bedarf es ein Gefühl der Orientierungslosigkeit, um (endlich einmal) stehenzubleiben. Um dich neu zu orientieren und zu merken, wo dein Weg weitergeht. Das kannst du aber oft erst dann erkennen, wenn du in Stille bist. Stehen bleibst. Ruhig bist. Deine Sinne von außen abgezogen werden und nach innen gehen.

Sowie auch dein Blick. Er wendet sich nach innen, in eine weite seelische Landschaft, die dir deine nächsten Schritte aufzeigt. Und erst dann, wenn du tiefen Frieden spürst, wenn sich dein Blick wieder aufklart, erst dann geht es weiter. Nicht aber vorher.

Dieses Wissen ist so wichtig für dich und alle Menschenkinder. Verbindet euch, verbinde dich mit deiner Seele! Mehr und mehr. Lasse deine Seele die Führung übernehmen und richte dich nach deinem Herzen aus. Dann bist du mit deiner inneren und äußeren Natur wunderbar verbunden und dies bereichert dein Leben so ungemein. Es wird sich um ein Vielfaches verbessern und wahrhaftig erfüllter sein.

TEIL 3

Mein neues Ich

Lange vergessen.
Nicht gesehen. Nicht gewusst.
Abgedeckt und in die hintersten Ecken geräumt.
Liegt es brach, in den dunkelsten Räumen.
Doch niemals veraltet.
Und niemals verjährt.

Mein Urwissen.
Ganz tief in mir.
Das Wissen meiner Ahnen,
liegt vergraben im Jetzt und im Hier.

Ich wende mich endlich nach innen.
Bin nun bereit, dies zu tun.
Tauche tief hinab in ferne Welten.
Finde Schätze, die ich niemals vermutet.

Es funkelt. Es glitzert. Es glänzt.
In einer wahrhaftigen Pracht.
Schau genau hin,
denn auch du findest tief in dir
diese schimmernde Macht.

Fließe mit dem Wissen

Viele unglaublich tiefgehende und berührende Stunden sind dort am goldenen Felsen vergangen. Oder waren es gar Tage? Ich weiß es nicht, denn ich hatte völlig das Zeitgefühl verloren. Zeit und Raum waren mir längst unwichtig geworden, so sehr hing ich an den Lippen von Frau Wal. So sehr sog ich ihre Erzählungen in mich auf. Sie wuchs mir dermaßen ans Herz und wurde mir immer vertrauter, sodass sie mir von einer weisen und lebensklugen Mentorin, zur liebevollen Großmutter wurde – oh, wissende und wundervolle Großmutter Wal!

Ihre Geschichten fesselten und verzauberten mich. Das Wissen über den Ruf des Seelenmeeres ließ mich erschaudern und berührte mich zutiefst. Es löste Erinnerungen an uraltes Wissen aus, von dem ich nicht einmal ansatzweise geahnt hatte, dass ich es in mir trug.

Es ist eine Art Mischung aus Wissen meiner Ahnen und kollektiven Informationen. Ich spürte die tiefe Verbindung mit der Natur, den kosmischen Feldern und der göttlichen Ur-Quelle. Und ich erfühlte instinktiv, wie kostbar dieses Wissen war. Ein wertvoller Schatz, den ich geschenkt bekommen hatte.

Sogar die Stimme von Großmutter Wal schien mir verändert, nach diesen Stunden. Mystisch, sinnlich und betörend erschien sie mir, als sie sagte:

»Liebes, ich sehe, du bist verändert. Und das ist erst der Anfang. In dieses Wissen einzutauchen, ist wie einen Stein ins Wasser zu werfen – das Wissen ist der Stein und du bist die Wellen, die sich um ihn ausbreiten und immer größer werden. Lasse dies alles sacken und gehe damit. Wenn du jetzt Fragen hast, so stelle sie gerne. Ansonsten kannst du jederzeit zu mir kommen Liebes. Ich werde immer für dich da sein.«

Ich stellte Großmutter Wal jede noch so klitzekleine Frage, die in mir auftauchte. Es schien so, als ob ich dieses Wissen wie ein trockener Schwamm in mich aufsaugte. Je mehr ich erfuhr, desto leichter und friedlicher wurde es in mir. Wir unterhielten uns noch eine ganze Weile und Großmutter Wal stillte verständnisvoll und voller Hingabe meinen Wissensdurst.

Als meine Fragen alle gestellt und beantwortet waren, tauchte wie aus dem Nichts ein kleiner sternenfunkelglitzerblauer Tintenfisch auf, der sich verneigte und mir zunickte.

Er fragte mich, ob ich bereit sei, dieses erfahrene Wissen auch wirklich zu leben.

Ich musste wohl recht verdutzt und fragend geschaut haben, denn Großmutter Wal schmunzelte daraufhin und fragte mich:

»Bist du bereit all das, was du heute und hier von mir erfahren hast, wahrhaftig zu glauben? Es mit in deine Welt zu übernehmen? Mit all dem, was ich dir erzählte, weiterzugehen? Es in die Welt zu tragen? In deine Welt zu tragen?

Du bist nicht einfach dem Leben ausgeliefert. Es liegt alles in dir. Du musst nur bereit sein, Verantwortung zu übernehmen und all dies zu erkennen. Es liegt in dir, dein Leben zu verändern und zu bereichern. Der Weg nach innen lehrt dich alles, was du wirklich und wahrhaftig brauchst.«

Ja. Dieses Wissen hatte mich tief verändert, das fühlte ich.

Ja, ich war bereit, Verantwortung für mich und für mein Leben zu übernehmen.

Ja, ich war bereit, nach innen zu gehen. Immer und immer wieder. Ich fühlte, wie tiefes Urvertrauen in mir aufstieg, und ich war bereit, dieses Wissen auch umzusetzen.

»Ja«, sagte ich klar und deutlich. Ich fühlte es in allen Zellen meines Körpers.

Großmutter Wal lächelte und nickte dem Tintenfisch zu, als hätte sie nichts anderes erwartet.

Er schwamm ganz nah zu mir und zeichnete mit seiner glänzenden blauschwarzen Tintenfarbe – ganz behutsam – eine wunderschön verschnörkelte, kleine Muschel auf meine Flosse. Eine filigrane, zarte, mit kleinen Symbolen üppig verzierte Muschel. Oh!

Von Weitem hörte ich die feierliche Stimme von Großmutter Wal:

»Steine und Muscheln sind Augen der Weisheit, Liebes! Und diese Muschel ist dein innerer Anker. Jeder Blick darauf darf dich an all meine Worte erinnern, meine Worte hören und dich deine wahre Heimat fühlen lassen.

Jedes Mal, wenn du sie ansiehst, wirst du mehr und mehr erkennen, wer du wirklich und wahrhaftig bist.

Jedes Mal, wenn du sie berührst, wirst du den intensiven Ruf des Meeres in dir hören. Erkenne sie als das Symbol deiner wahrhaftigen Heimat!«

Dann segnete sie meine Tintenfischtätowierung an meiner funkelnden Meeresfrauenflosse. Diese Muschel war zauberhaft und ich fühlte mich reich beschenkt. Mir wurde warm ums Herz, meine Augen wässrig und ich musste schwer schlucken, damit ich vor Rührung nicht zu weinen begann. Ich liebte sie augenblicklich und bedankte mich mit offenen Herzen dafür. Auch der kleine zauberische Tintenfisch segnete die Muschel auf meiner Flosse und war genauso schnell weg, wie er gekommen war. Großmutter Wal lächelte zärtlich und streichelte meinen Arm. Ich fühlte mich tief genährt, verbunden und voller Liebe.

Danach unterhielten wir uns noch eine Weile und so langsam kapierte ich, warum ich hier war. Allmählich dämmerte mir auch, wo ich mich befand. Und ich begann mehr und mehr zu verstehen, wieso wir Menschen uns oft so verloren vorkommen. Uns selbst nicht mehr richtig spüren können. Ich begriff, dass die meisten von uns, sich von ihrer Seele entfernt hatten.

Oh ja, es ist essenziell wichtig, endlich wieder nach Hause, in unsere Seelenheimat zurückzukehren. Ich war so dankbar und fühlte mich, als der reichste Mensch in diesem Universum.

Auf meine Frage, warum ich dies alles erfahren, warum gerade ich hier so tief eintauchen durfte, schmunzelte sie nur wissend und sagte kein Wort.

Als auch meine letzte Frage an Großmutter Wal versiegt war, schwammen wir zurück. Aber nicht dorthin, wo ich sie zum ersten Mal getroffen hatte, sondern an einen völlig anderen Ort. Großmutter Wal brachte mich an einen Ort, der spektakulärer nicht sein konnte. So glitzerwunderzauberschön!

Es war ein vor Farben explodierendes Korallenriff. Dort waren bestimmt hunderttausend bunte Korallen. Einige sahen aus wie schwebende, leuchtende Blumen. Andere wie wabernde, verästelte Bäume. Ihre Tentakel winkten im Wasser, wie Arme, die mich zu sich rufen würden. Es gab dahingleitende, leuchtende Moosteppiche und gleißende Korallenwolken. In Lichtgelb, Veilchenblau, Flammenorange, Schneeweiß, Waldgrün und Purpurrot. Alles schien richtig verzaubert zu sein, wie ein leuchtend bunter Regenwald unter Wasser.

An diesem Zauberort angekommen, sah ich, dass viele andere Meeresbewohner schon auf uns warteten. Da waren zum Beispiel die majestätischen Wale, die herzerfrischenden Delfine, die vergnügten Seepferdchen, die weisen Tintenfische, die lebensklugen Meeresschildkröten, die zauberhaften Quallen und die kichernden Seesterne. Und außerdem so viele verschiedene liebenswürdige Fische und wunderbare wissende Wesen, die ich in diesem mystischen Meer schon kennenlernen durfte. Sie alle waren hier und erwarteten uns!

Mittendrin war das goldgelockte Mädchen, welches spitzbübisch lächelte und hier natürlich nicht fehlen durfte.

Dieses Mädchen. Jedes Mal, wenn ich sie ansah, fühlte ich eine ganz besonders tiefe Liebe in mir. Ihr Anblick, ihre Freude, ihr Strahlen und ihre wundervolle Lebendigkeit berührten mich immer ganz tief. Ich wusste einfach nicht, warum das so war. Mittlerweile hatte ich aber aufgegeben, darüber zu grübeln. Es war wohl einfach so. Dieses Mädchen ging mir durch und durch. Und noch immer wusste ich weder ihren Namen noch wer sie war.

Erfreut schielte sie auf meine frisch tätowierte Flosse. »Und? Hast du endlich deine langersehnten Antworten bekommen?«, fragte sie schelmisch. Jedoch wartete sie die Antwort gar nicht erst ab, denn sie wusste sie sowieso. Stattdessen deutete sie auf all die Meeresbewohner, die sich hier versammelt hatten. »Schau, ein Fest dir zu Ehren! Du bist jetzt eine Eingeweihte. Ist das nicht wunderbar? Ich liebe solche Feste!«

Vergnügt klatschte sie in die Hände und strahlte mich an.

Auch der tiefe Blick von Großmutter Wal zu mir schien zu sagen: »Nur zu, diese Ehre gebührt dir. Genieße deine Zeit!«

Ich verneigte mich noch einmal voller Demut und Dankbarkeit vor ihr, bevor sie sich wieder zurückzog.

Und dann begann ein buntes Treiben. Ich ließ mich einfach mitreißen. Musik wurde gemacht, wunderbare Lieder wurden gesungen und lustige Tänze getanzt. Viele tolle Gespräche und zauberhafte Begegnungen durfte ich hier haben. Zum Nachdenken, um das Erfahrene sacken zu lassen, kam ich nicht. Ich ließ mich in dieses Treiben und Feiern hineinziehen und genoss das Fest der Einweihung in vollen Zügen.

Ich lernte einige der Korallen kennen und ich gebe zu, mir war bis dahin nicht einmal bewusst gewesen, dass Korallen gar keine Pflanzen sind, sondern ebenfalls Tiere. Und welch verzauberte Wesen und entzückende Geschöpfe sie doch waren! Sie allesamt waren hinreißende Geschichtenerzähler. Und jede ihrer Geschichten brachte mich zum Nachdenken und Hineinfühlen.

»Kennst du die Fabel vom Wettlauf der Frösche?«, fragten sie mich. »Nein? Dann mache es dir bequem und höre gut zu!« Gebannt lauschte ich ihnen.

»Eines Tages entschieden Frösche einen Wettlauf zu veranstalten. Ziel war es, einen besonders hohen Turm zu erklimmen. Und der, der als Erstes den höchsten Punkt erreichen würde, sollte als Sieger hervorgehen – als der schnellste und unerschrockenste Frosch des Dorfes.

Am Tag des Wettlaufs versammelten sich alle Frösche aus der Umgebung, um dem Wettlauf zuzusehen und ihre Artgenossen anzufeuern. Der Wettlauf wurde unter tosendem Beifall gestartet.

Es waren wohl deshalb so viele Zuseher da, weil keiner unter ihnen daran glaubte, dass es auch nur ein einziger ins Ziel schaffen würde. Die Spitze des Turms war einfach viel zu hoch, dachten die meisten unter ihnen.

Und wirklich – bald hörte man lautes Gemurmel wie: »Ach, die Armen! Das schaffen sie nie. Der Turm ist doch viel zu hoch!« Anstatt sie anzufeuern, verbreiteten sie eher eine demotivierende, schwere Stimmung unter den Zuschauern.

»Das ist unmöglich, das kann keiner schaffen!«

Und wirklich, die zusehenden Frösche sollten recht behalten.

Die Frösche begannen einer nach dem anderen aufzugeben und die Zuschauer riefen wieder: »Ach, das ist einfach viel zu schwer!«

Schließlich gaben alle Frösche entmutigt auf – bis auf einen.

Dieser versuchte unermüdlich mit Mut, Ausdauer und Entschlossenheit den steilen Turm zu erklettern. Und siehe da – mit großer Anstrengung erreichte er die Spitze des Turmes!

Die Zuschauerfrösche johlten und applaudierten ungläubig und mit großer Verwunderung. Sie waren alle neugierig auf das Erfolgsrezept des Siegerfrosches und so fragten sie ihn laut:

»Sag uns doch Herr Frosch, wie hast du das denn nur geschafft?«

Der Siegerfrosch reagierte nicht, sagte kein Wort. Und erst dann merkten die Frösche, dass der Siegerfrosch taub war!«

Sicher wusste ich, wie wichtig es war, an mich selbst zu glauben und nicht ungeprüft, fremde Meinungen zu übernehmen. Doch wie oft tue ich, tun wir, das im Grunde trotzdem immer wieder?

Wie oft geben wir etwas auf, ohne es überhaupt ausprobiert zu haben? Wäre es nicht besser, nach Gründen und Wegen zu suchen, etwas zu tun, anstatt Ausreden zu finden, etwas nicht zu tun?

Diese fantastischen Zauberkorallen hatten so einige wunderbare Geschichten zu erzählen.

»Zwei Mönche waren auf Wanderschaft und auf dem Weg zurück zu ihrem Kloster. Sie kamen an einen Fluss. Dort stand eine weinende, junge Frau. Sie wollte über den Fluss, doch da das Wasser sehr tief war und die Strömung so stark, konnte sie den Fluss nicht überqueren. Sie traute sich nicht.

Die Mönche, denen körperlicher Kontakt zu Frauen verboten war, kamen in einen Zwiespalt. Was sollten sie tun?

Der jungen Dame helfen oder ihrer Regel folgen?

Für den jungen Mönch war es gleich klar, er dürfe die Regel nicht brechen. Leider konnte er der Frau nicht helfen.

Der alte Mönch zögerte nur kurz, ging dann auf die junge Frau zu, hob sie auf seine Schultern und watete mit ihr durchs Wasser. Auf der anderen Seite des Flusses setzte er sie wieder ab.

Nachdem der junge Mönch auch durch den Fluss gewatet war, setzten die beiden ihre Wanderung schweigend fort.

Doch je länger sie gingen, desto verschlossener wurde das Gesicht des jungen Mönches. Seine Mimik wurde zunehmend grimmiger und finsterer.

Der ältere Mönch beobachtete seinen jungen Kollegen belustigt, sagte aber nichts und genoss stattdessen den Wanderweg und erfreute sich an der Sonne auf seiner Haut und genoss den Duft der Blumen am Wegesrand. Nach einigen Stunden blieb der junge Mönch mit rotem Gesicht stehen, schüttelte den Kopf und kritisierte seinen älteren Kollegen:

»Du weißt schon, dass das, was du getan hast, nicht richtig war? Du weißt genauso gut wie ich, dass wir keinen nahen Kontakt mit Frauen haben dürfen! Wie konntest du nur gegen diese Regel verstoßen?«

Der ältere Mönch hörte sich die Vorwürfe des anderen ruhig und gelassen an. Mit klarem Blick antwortete er:

»Ich habe diese junge Frau vor Stunden am Fluss abgesetzt – warum trägst du sie noch immer mit dir herum?«

Zuerst fand ich diese Geschichte lustig, doch dann erkannte ich, wie oft auch ich vieles aus meiner Vergangenheit festhalte. Einige Fragen drängten sich mir auf:

Was trage ich alles lebendig in meinem Kopf, in meinem Herz, mit mir herum, was doch längst alles vergangen ist?

Woran halte ich innerlich fest, was mir schadet und schlechte Energie bringt?

Wie viel emotionale Last und mentalen Ballast schleppe ich mit mir unnötigerweise herum?

»Ja, loslassen ist so wichtig und eine der größten Lektionen des Lebens!«, ließen mich die magischen Korallen wissen, als hätten sie meine Gedanken gelesen.

Nach diesen Geschichten entführten mich blutrot leuchtende Kraken zum Tanzen und wir hatten viel Freude daran, uns zu den wundervollen Klängen zu bewegen – miteinander und umeinander.

Auch silberglänzende Delfine tauchten an meiner Seite auf und zeigte mir, wie viel Spaß es machte synchron zu schwimmen und zu springen.

Eine bezaubernde Gruppe rot- und lilafarbener Kraken, die ständig in meiner Nähe war, fiel mir direkt auf. Sie waren so zauberhübsch anzusehen, in ihren gemischten Farbschattierungen von zartrosa, kaugummipink, fliederfarben, hellviolett bis zu veilchenfarbig und flammenrot. Sie schienen noch sehr jung zu sein, waren immer wieder um mich, beobachteten, kicherten, verschwanden erneut, nur um abermals aufzutauchen.

Sie schienen mich kaum aus den Augen zu lassen.

Natürlich bemerkte ich ihr Verhalten und fand sie zunehmend interessant. Irgendwann verwickelte ich sie in ein Gespräch, welches von Minute zu Minute interessanter wurde und ich lange in Erinnerung behalten sollte.

»Na ihr Lieben, ihr beobachtet mich, stimmt's? Warum denn eigentlich?«

»Du siehst so anders aus als die anderen.«

»Welche anderen?«

»Die anderen Menschen – sie sind komische Wesen, irgendwie.«

Mein Interesse war geweckt, ich wollte mehr wissen.

»Welche Menschen meint ihr denn und warum sind sie komisch? Was tun sie denn?«

Wie aufgeregte Kinder, die ihre Schüchternheit ablegten, plapperten sie alle durcheinander.

»Na, die anderen am Strand!«

»Die Menschen, die immer am Wasser liegen und sich sonnen.«

»Die Menschen, die am Strand spazieren gehen.«

»Die, die auf Felsen sitzen, etwas trinken und sich miteinander unterhalten.«

Jetzt verstand ich, dass sie wohl Touristen meinten, die ihren Urlaub am Meer verbrachten.

»Warum findet ihr das denn komisch?«

Der kaugummipinke Krakenjunge, der größte unter ihnen und vielleicht der älteste, erklärte es mir.

»Weißt du, wir schwimmen immer wieder in die Nähe der Strände und haben dort schon oft diese Menschen beobachtet, wie sie am Wasser liegen oder auch am Strand spazieren gehen. Sie haben so eigenartige Gesichter, schauen oft sehr nachdenklich und angestrengt. Manchmal wirken sie auch traurig und wehmütig. Nicht die kleinen Menschenkinder, die Sandburgen bauen und mit den Wellen spielen – sie sind lustig, fröhlich und haben Spaß. Aber die großen Menschen – die scheinen wohl nicht viel Freude zu haben. Wenn man sie länger ansieht und ihre Gesichter beobachtet, wirken sie oft wehmütig, grüblerisch und sehr müde – als wären sie mehr oder weniger innerlich leer.«

Oh, diese Aussage machte mich sehr betroffen und ich wusste im ersten Augenblick gar nicht, was ich darauf antworten sollte. War das wirklich so? Konnten wir Menschen uns wirklich nicht mehr freuen und Spaß haben?

»Warum ist das so?«, fragte der naseweise, kleine Oktopus, als ich weiter schwieg. »Habt ihr Menschen denn keinen Spaß mehr? Seht ihr denn nicht, wie schön es um euch herum ist? Was es alles Wundervolles für euch gibt?«

Ein kleines veilchenblaues Oktopusmädchen zählte mit leuchtenden Augen auf:

»Faszinierende Sandkristalle, die in der Sonne glitzern, wunderschöne Wellen die – wenn man hinhört – ihre Geschichten erzählen, großartige Pflanzen und Sträucher, die ihr Wissen weitergeben wollen, Wind, der berührt, Sonnenstrahlen, die streicheln, Zeit verbringen, einfach um zu genießen.

So viele wunderbare Dinge sind um euch und ihr scheint sie einfach nicht oder nur wenig zu sehen und kaum wahrzunehmen!«

Und wieder ein anderer der jungen Krakenkinder sagte: »Ja, wenn man diese Menschen länger beobachtet, sind ihre Blicke oft so traurig und leer. Warum denn?«

Ihre Worte und Fragen berührten mich sehr unangenehm, fühlte ich doch, wie zutreffend sie im Grunde waren.

»Ja, das ist wirklich interessant und da sagt ihr wahre und weise Worte. Hm. Ich befürchte, wir haben oft den Kopf mit so vielen Gedanken und Sorgen voll, dass wir deshalb gar nicht wahrnehmen, was um uns ist. Wie schön es eigentlich ist.«

Ich glaube, ich schämte mich sogar ein bisschen. Es schien im Grunde so einfach zu sein und doch fällt es uns Menschen oft so schwer dies zu erkennen.

»Ich befürchte, wir haben so wenige solcher Augenblicke, dass wir es einfach nicht gewöhnt sind, abzuschalten und nur den Augenblick zu genießen.«

Die bunte Krakenschar schaute erstaunt und sehr betroffen und konnte meine Worte kaum fassen.

»Oh, das ist aber wirklich schade! So könnt ihr die Schönheit, die euch umgibt, ja gar nicht erkennen! Auf diese Art könnt ihr ja gar nicht spüren, wie paradiesisch manche Momente sind! So entgeht euch die Magie des Augenblicks.«

Viele bekümmerte Augenpaare waren auf mich gerichtet.

Ich spürte, wie recht sie doch hatten.

»Ja, das mag wohl stimmen. Wir haben scheinbar irgendwie vergessen, wie das geht.«

Der kaugummipinke Krakenjunge tätschelte mich mit einem seiner Arme tröstend und sagte aufmunternd:

»Ihr müsst doch nur mehr Spaß im Leben haben! Tut Dinge, die euch Freude bringen, die euch wirklich Spaß machen! Du kannst ihnen das doch jetzt sagen, sie alle daran erinnern!«

Ich lächelte, weil es für diese wundervollen Unterwasserwesen so leicht erschien, einfach Spaß zu haben und Freude ins Leben zu bringen. Aber vielleicht war es ja auch wirklich so einfach. Vielleicht hatten wir »nur« vergessen, wie wichtig es war, Freude zu haben an dem, was wir gerade machen.

»Zeig du es ihnen«, meinte der große Krakenjunge. »Erinnere du sie daran, Freude in ihr Leben zu bringen! Immer wieder und immer öfter!«

Die kunterbunte junge Krakenbande nickte mir aufmunternd zu und schien jetzt erleichtert zu sein. So als ob alle ihre Probleme gelöst wären. Sie tätschelten mich mit ihren lustigen Fangarmen, tanzten um mich herum, winkten noch einmal und weg waren sie.

Ich hingegen blieb sehr nachdenklich zurück. Es fühlte sich so an, als hätten sie mir einen Auftrag erteilt. Aber welchen? Die Menschen daran erinnern, Spaß und Freude in ihre Leben zu bringen? Sie zu erinnern, wie essenziell wichtig es war, Freude am Tun zu haben?

Aber wie sollte ich das anstellen? Das stellte ich mir extrem anstrengend vor.

Aber vielleicht glaubte ich auch nur, dass es schwer war. Hatte ich es jemals probiert? Hatte ich schon nach Möglichkeiten gesucht? Nein.

Eine Welle der Zuversicht und des tiefen Vertrauens durchströmte mich plötzlich und ich erkannte, wenn ich etwas wirklich wollte, dann würde ich das auch schaffen! Dann würde ich Wege und Möglichkeiten finden! Dessen war ich mir plötzlich ganz sicher und ich spürte eine nie gekannte, mächtige Stärke tief in mir aufsteigen.

Oh, ich lernte in dieser mystischen Wunderwelt so viel und tankte Kraft, Energie, Vertrauen und Zuversicht! Hier war alles so spielend und so mühelos. Hier war alles so klar und so echt. Hier war ich einfach und es fühlte sich so richtig und einfach gut an. Ein Teil von mir wollte hier nie wieder weg!

Ein anderer Teil in mir aber wusste, dass genau dies geschehen würde. Ja, geschehen musste. Denn diese Reise war nur ein Teil von meinem Weg und es würde die Zeit kommen, meinen Weg wieder weiterzugehen.

Wieder Auftauchen

Ich verbrachte noch einige Tage in dieser magischen Umgebung. In meinem Seelenmeer. Bei den Meereswesen und meinen neugewonnenen Freunden. Ich genoss die fantastischen Fluten, lag genüsslich auf glitzernden Felsen, ließ mich von der Sonne liebkosen, vom Wind streicheln und die Worte von Großmutter Wal sacken. Dabei strich ich immer wieder verliebt über meine entzückende tätowierte Muschel auf meinen zauberschönen Schuppen.

Weit öffnete sich dabei mein Herz, während ich das Erfahrene und Gehörte in mich integrierte. Dabei erneuerten sich meine Zellen, meine Organe und mein gesamtes System von Grund auf. Es lud sich auf mit frischer Lebensenergie und ich begann von innen heraus zu strahlen. Pure Lebenslust pulsierte durch meine Adern. Ich fühlte eine so intensive Liebe zu mir, den Wesen um mich herum und dem Leben selbst, wie ich sie noch nie zuvor empfunden hatte!

Und eines Tages spürte ich den starken inneren Impuls, in meine andere Welt zurückzukehren.

Ja, es war Zeit, zurückzugehen. In mein irdisches Zuhause heimzureisen und mir wieder meine menschliche Hülle überzustreifen, denn jetzt sah ich klarer.

Leicht war dies aber ganz und gar nicht. Und doch war es zu tun. Ich war bereit für meine nächsten Schritte. Das neu erworbene Wissen umzusetzen und zu integrieren. Ich wusste, was ich zu tun hatte und ich war endlich bereit dazu. Bereit, mein Leben wirklich zu leben, mit all der Verantwortung, die damit einhergeht.

Das hieß im Klartext, erstens hinzusehen und zu erkennen, was gerade da ist:

Was gefällt mir in meinem Leben und was gefällt mir nicht?

Zweitens, dies anzunehmen und zu akzeptieren, wie es im Moment nun einmal war.

Um drittens weitere Schritte zu tun und mein Leben so zu kreieren, wie ich es wollte:

Wonach sehne ich mich? Was will ich konkret verändern?

Ja, ich spürte diese immense Kraft der Veränderung in mir. Und ich spürte auch, dass mein Seelenweg mich rief. Endlich war ich bereit, die nächsten Schritte zu tun. Diesem inneren Weg zu folgen. Jetzt hatte ich den Kompass und den Leitstern dazu erhalten. Nein, nicht erhalten, denn im Grunde hatte ich ihn immer in mir getragen. Ich hatte es bisher nur nicht gesehen, es nicht gewusst. Ich hatte mich nicht erinnert.

Mein Herz und meine Intuition waren mein Kompass und meine Seelenheimat mein Leitstern und meine magische Tankstelle.

So kehrte ich etwas wehmütig an den Strand zurück, an dem alles begonnen hatte. Und da wartete sie auch schon auf mich – das magische kleine Mädchen.

Erst jetzt fiel mir auf, dass sie aussah wie ich in ganz jungen Kindesjahren. Wie konnte ich das bisher nur übersehen haben? Wie konnte ich dies nicht wahrgenommen haben? Wie Schuppen fiel es mir nun von den Augen. Sie sah wirklich aus wie ich als kleines, junges Mädchen! Nur war sie fröhlicher, strahlender und glücklicher, als ich es in ihrem Alter je gewesen war.

Hatte sie gespürt, dass der Abschied nahte? Hatte sie gewusst, dass es für mich Zeit war zu gehen? Ganz bestimmt.

Sie lag in der Sonne und blickte mir entgegen. Die Schuppen auf ihrem kleinen Körper funkelten mit der Sonne um die Wette. Ich setze mich zu ihr und schenkte ihr ein tiefes, warmes Lächeln.

»Ich weiß gar nicht, wie ich dir danken kann. Du hast mir so viel gegeben und ermöglicht. Weißt du, du hast mir mein Leben zurückgegeben! Danke. Danke. Danke für alles!«

Mir kamen Tränen bei diesen Worten, da mein Herz so überging, aufgrund der Wucht meiner Gefühle und ungesagten Worte. Wir umarmten uns lange und innig. Sanft sagte sie zu mir:

»Du weißt, wir sind verbunden. Das waren wir immer. Und das wird immer so sein. Genauso wie du mit dem Meer verbunden bist und mit all seinen Wesen. Es ist dein inneres Seelenmeer und verschwindet nicht. Nie mehr. Dies ist kein Abschied. Du kannst jederzeit und immerzu zurückkehren. Tief eintauchen. Wann immer du das Verlangen spürst. Wann immer du das willst. Wir sind verwoben mit unserem Seelenmeer und das wird auch immer so sein.«

Ich packte ihre Worte in meiner inneren Schatzkiste ganz obenauf, damit ich sie nie mehr vergessen und mich immer daran erinnern würde.

Im Zuge unseres Abschiedes hatten wir uns zurückverwandelt. Nun hatten wir beide keinen schuppenfunkelnden Meerjungfrauenschwanz mehr, sondern wieder unsere Menschenbeine. Und wir trugen wieder unsere hübschen Kleider vom Beginn. Das wunderhübsche, kleine Meermädchen stand auf und ihre Augen funkelten frech. Sie streckte mir ihre geöffnete Hand einladend entgegen.

»Ich freue mich schon jetzt wieder auf dich und all die Abenteuer, die noch auf uns warten und gelebt werden wollen. Ich hoffe, diesmal muss ich nicht so lange warten, bis du kommst!«

Unter Tränen lächelte ich sie freudestrahlend an: »Nein, das verspreche ich dir. Hoch und heilig! Die nächsten Male komme ich ganz bestimmt freiwillig. Und übrigens, ich weiß noch immer nicht, wie du heißt.«

Als ich ihre ausgestreckte Hand nahm, verschwamm mir alles vor den Augen, so als würde sich mir ein dichter Schleier vors Gesicht schieben. Mir wurde schwindelig. Das war so unangenehm und instinktiv schloss ich die Augen. Ganz leise hörte ich ihre Stimme an meinem Ohr: »Linny. Ich heiße Linny.«

Linny? Habe ich das richtig in Erinnerung? Hatte ich überhaupt etwas gehört oder war das doch nur der Meereswind, den ich hörte? Linny.

Rückkehr in mein neues Ich

Ich öffnete meine Augen. Der Schleier war weg, aber dieses komische Gefühl im Kopf blieb. Ich sah mich um und war wieder im Badezimmer meiner Wohnung. Ich fühlte mich benommen und benebelt. Dieses Gefühl ging auch nicht weg, als ich mehrere Male den Kopf schüttelte. Ich bemerkte, dass ich nur das Handtuch um meinen Körper geschlungen hatte. Ansonsten war ich nackt. Das Mädchen war weg.

Linny? Ich rieb verwundert meine Augen und blinzelte. Wo war mein geliebtes Meer? Wo das wundervolle kleine Mädchen? Wo war das alles hingekommen? Was war das gewesen? War das echt? Oder habe ich das alles wirklich nur geträumt. Ein sehr intensiver Traum? Eine Halluzination? Mir womöglich alles eingebildet? Linny? Vielleicht war ich ohnmächtig geworden, umgefallen? Nein, ich stand ja und lag nicht auf dem Boden. Linny.

So eigenartig, das alles, dachte ich mir damals und schüttelte erneut den Kopf, als könnte ich alle Gedanken und Erinnerungen dadurch zurückholen. Oder abschütteln? Ich war mir nicht ganz sicher.

Ruckartig schaute ich zu meinen Füßen. Nein, keine Flossen. Ich griff mir an den Kopf. Natürlich nicht. Wie sollte das auch gehen? Diese Zeit im Meer m u s s t e wohl ein Traum oder eine Einbildung gewesen sein. Es war viel zu fantastisch gewesen. Es konnte einfach in keiner Weise wahr gewesen sein. Das ging nicht. Das gab es einfach nicht! Oder doch? Es war so intensiv gewesen, so wunderschön!

Prüfend sah ich mein Spiegelbild an. Alles wie immer. Nichts war verändert. Meine Gefühle waren erschüttert und durcheinander. Ich fühlte mich verlassen und irgendwie enttäuscht.

Niedergeschlagen ging ich tief seufzend ins Schlafzimmer. Mittlerweile hatte ich begonnen zu frieren und wollte mir etwas überziehen. Ich bemerkte, dass es draußen finster geworden war. Verwundert blickte ich auf die Uhr. Es war 3:00 Uhr nachts. Mir fehlten die letzten sechs Stunden. Oder waren es gar Tage gewesen? War ich vielleicht doch ohnmächtig gewesen? Das war eigentlich nicht möglich. Ich war desorientiert und durcheinander.

Hastig zog ich mir ein blaugemustertes, langes T-Shirt über, schnappte mir mein Handy vom Regal, um herauszufinden, welcher Tag es war.

Sonntag! Sonntagnacht??? Ich schaute auf das Datum und erschrak heftig. Mir fehlte das gesamte Wochenende! War dies doch kein Traum gewesen? Linny. Mein Herz raste.

Schnell holte ich mir ein Glas Wasser aus der Küche. Am Herd sah ich meine Gemüsepfanne stehen, die ich mir damals als Abendessen gekocht hatte. Das Essen war mittlerweile kalt und eingetrocknet.

Ich nahm das frisch gefüllte Wasserglas mit ins Schlafzimmer und legte mich aufs Bett. Ich schaute nochmals auf das Handy, prüfte wieder und wieder das Datum und verglich es mit meinem Wecker auf dem Nachtisch, schaltete sogar den Computer ein, um mich zu vergewissern. Aber es blieb dabei. Es war Freitagabend gewesen, als ich im Bad von Linny überrascht worden war.

Und jetzt war es Sonntag, 3:10 Uhr. Also eigentlich schon Montag.

Was sollte ich jetzt machen? Wie würde es jetzt weitergehen, fragte ich mich. Was wünschte ich mir, wie es weitergehen sollte?

Mein Verstand meldete sich und erinnerte mich daran, dass ich eigentlich längst schlafen sollte, um fit zu sein, für den kommenden Tag im Büro.

Das Büro. Meine Arbeit! Ein wilder Schreck durchfuhr mich. Das alles war so weit weg wie nur irgendwas!

Ich trank Wasser, atmete tief ein und seufzte laut. Ich sollte morgen arbeiten? Nach diesen Stunden? Tagen? Nach dieser Zeit? Tatsache war, es war intensiv in meinen Gedanken, meinem Fühlen und meiner Erinnerung! Ich konnte an nichts anderes denken als an die letzten Stunden und Tage. Wie sah meine Zukunft aus? Sollte ich dieses spezielle Wochenende, all diese wunderbaren Erlebnisse verdrängen? Sie einfach als Hirngespinste abtun und ignorieren?

Oh, ich wusste direkt, dass ich das nicht hinbekommen würde. Mein Verstand sagte zwar ja, mein Herz aber lehnte sich ganz klar dagegen auf.

Ich schlüpfte ins Bett und während ich meine Bettdecke hochzog, bemerkte ich es. Das Blut in meinem Kopf begann zu pulsieren – mein Herz setzte kurz aus.

So schnell ich konnte, riss ich die Decke von meinem Körper und fetzte sie achtlos auf den Boden. Mein Blick bohrte sich in meinen Fußknöchel. War es das, was ich dachte, zu sehen? War es das, was ich so sehr erhoffte, zu sehen?

Ich riss meine Augen auf und mein Herz pochte wie wild. Plötzlich war ich hellwach. Ja, da war es!!! Ich hatte mich nicht geirrt.

Eine freche kleine Tätowierung auf meinem linken Knöchel, die es eigentlich nicht geben durfte. Die zauberhafte, kleine Meeresmuschel! Hier war sie. An meinem linken Bein.

Zuerst zögerte ich, aber dann berührte ich sie verwundert und vorsichtig, so als hätte ich Angst, dass sie allein durch meine Berührung wieder verschwinden könnte. Aber nein! Nichts dergleichen passierte. Sie blieb sichtbar an meinem linken Knöchel. Sanft strich immer und immer wieder darüber, streichelte sie.

Meine wunderschöne und zauberhaft verzierte, magische Muschel! Sie schien zu schimmern und zu glitzern. Sie war der Beweis meiner langen Reise.

Also war ich nicht verrückt geworden! Ich hatte dies also tatsächlich erlebt.

Ich wusste zwar noch immer nicht, wie es möglich gewesen war, aber es war dennoch passiert. Irgendwie. Auf die eine oder andere Art und Weise. Mein Verstand konnte keine Erklärung finden, aber abstreiten und verdrängen konnte ich es auch nicht länger.

Ich machte mir eine Tasse Ingwerzitronentee und kuschelte mich wieder ins Bett. Wie sollte ich jetzt tun? Ich dachte nach, aber in Wahrheit musste ich nicht wirklich lange überlegen. Nein, im Grunde war es längst entschieden und völlig klar.

Andauernd berührte ich meine Tätowierung, als stünde ich unter Hypnose. Streichelte sie sanft und liebevoll. Lächelte. Mein Herz pochte vor Aufregung und Glückseligkeit.

Großmutter Wal – oh, wie sehr ich sie fühlte, spürte und roch!

So als wäre sie direkt neben mir. Meine Augen füllten sich mit Tränen. Ganz deutlich hörte ich ihre betörende und liebevolle Stimme in meinen Ohren:

»Steine und Muscheln sind Augen der Weisheit, Liebes! Und diese Muschel ist dein innerer Anker. Jeder Blick darauf darf dich an all meine Worte erinnern, meine Worte hören und dich deine wahre Heimat fühlen lassen.

Jedes Mal, wenn du sie ansiehst, wirst du mehr und mehr erkennen, wer du wirklich und wahrhaftig bist.

Jedes Mal, wenn du sie berührst, wirst du den intensiven Ruf des Meeres in dir hören. Erkenne sie als das Symbol deiner wahrhaftigen Heimat!«

Alle Worte und Erinnerungen stürmten auf mich ein und ich ließ meinen Tränen einfach freien Lauf. Ich war tief bewegt und so berührt von meinen Erlebnissen und Emotionen. Oh wunderbare Großmutter Wal – ich fühlte so große Dankbarkeit, dass ich dieses magische Abenteuer erleben durfte!

Und fast zeitgleich spürte ich, wie sich Kraft, Zuversicht und Hoffnung in meinem Körper ausbreitete. Ich fühlte, wie sich der Wunsch nach neuen Wegen in mir weitete und wie aufgeregt ich wurde. So starke Gefühle durchfluteten mich, dass ich den Eindruck hatte, mein Schlafzimmer würde beginnen sich zu verändern.

Die Luft begann zu flimmern und zu vibrieren, das Licht wurde golden und leuchtend, als würde geradezu die Sonne hier in diesem Raum aufgehen. Ja, selbst die Wände schienen zu funkeln, als bestünden sie aus tausend kleinen Kristallen.

Und mit einem Mal spürte ich all die wunderbaren Wesen, die ich in der verzauberten Meereswelt so lieb gewonnen hatte, ganz nah bei mir. Ich vernahm den unverkennbaren magisch-salzigen Duft des Meeres in meiner Nase. Schlagartig verspürte ich den sanft streichelnden Meereswind auf meiner Haut. Und dann sah ich die bezaubernden Seelenwesen vor mir, in meinem Schlafzimmer nach und nach auftauchen:

Die zauberhaften weisen Muscheln zeigten sich unvermittelt auf meinem Bett. Sie sagten alle im Chor:

»Vertraue dir selbst! Vertraue dem Leben!«

Die imposante lebenskluge Meeresschildkröte spazierte jäh durch meine Schlafzimmertüre herein und sprach:

»Schaffe dir eine Umgebung, die dir entspricht. Sei ganz du selbst!«

Die wunderschönen glitzernden Fische schwammen an den Wänden herum und raunten mir zu:

»Sei mutig, frei und wild! Das Abenteuer Leben wartet auf dich!«

Das entzückende, vertrauensvolle Seepferdchen schwebte durch den Raum und flüsterte:

»Lasse los und fließe mit deinen Impulsen!«

Unvermittelt glitten die märchenhaft magischen Quallen die Schlafzimmerwand empor. Samtweich und liebevoll sangen sie:

»Setze auch du Samen der Liebe in die Welt. Berühre die Herzen der Menschen mit deiner Magie!«

Die glitzernden weltklugen Korallen wurden am Boden meines Schlafzimmerteppichs sichtbar. Sanft und behutsam hörte ich ihre Worte:

»Vertraue deiner inneren Weisheit und gib dich ihr hin!«

Und auf meinen Schlafzimmerkommoden sah ich die bezaubernden, lebensfrohen Krakenkinder sitzen. Sie strahlten mich an und meinten:

»Bringe Freude in dein Leben, mit allem, was du tust! Habe Spaß!«

Ich sah sie alle direkt vor mir und konnte sie wahrhaftig spüren, als wären sie ganz nah und um mich versammelt. Wer weiß, vielleicht waren sie das ja auch.

Auch Linny, schien nun direkt hier neben mir auf meinem Bett, auf der blauen Decke, zu sitzen. Sie aber sagte kein einziges Wort, sondern sah mich nur an. Und ihr durchdringender Blick war voller Freude, Stolz und Liebe. Sie lächelte wissend und nickte mir dann ermunternd zu.

In meinem Inneren sagte ich ja. Ja, zu mir selbst. Meine Tränen waren versiegt und ich lächelte in mich hinein. Ich war aufgeregt, denn ich wusste, was ich zu tun hatte. Und mit einem Mal fand ich mein Leben nicht länger langweilig und anstrengend. Nein, es hatte sich verändert. Alles hatte sich verändert, denn ich hatte mich verändert.

Ich hatte mich entschieden. So wollte ich einfach nicht mehr weitermachen, so konnte ich nicht mehr weitermachen!

Ich zog die Decke hoch an mein Kinn und plante in Gedanken die nächsten Tage. Ich wusste nun ganz genau, was ich wollte. Glasklar hatte ich die nächsten Schritte vor Augen. Das hatte ich schon lange nicht mehr gehabt – aber ich freute mich auf die nächsten Tage. Endlich wusste ich, wie ich weitergehen wollte.

Selig und vor mich hin träumend, schlief ich schließlich erschöpft ein. Ich fiel in einen heilenden Schlaf und wundersame Träume begleiteten mich.

Ich träumte von einem magischen Ozean. Von einem kleinen, goldgelockten Mädchen, das verschmitzt lächelte und vor purer Lebenslust nur so strahlte. Von wundervollen Meeresbewohnern, die sich in mein Herz geschlichen hatten.

Von einer Wasserzauberfunkelwelt. Und ich träumte von neuen Wegen und magischen Türen, die sich mir auftaten ...

TEIL 4

Aufbruch in (D)ein neues Leben

Lautlos gleite ich im Wasser.
Gebe mich sanft den Wellen hin.
Nichts hält mich mehr zurück.

Tauche tief und tiefer.
Bis das Licht entschwebt
und immer mehr der Finsternis weicht.
Doch zögere ich nicht.
Mein Herz klopft schnell und schneller
und Angst ist mein Begleiter.
Doch genau so auch Vertrauen.

Und daran halte ich mich.
Gebe mich hin.
Gleite in völlige Dunkelheit.
Weiß nicht, was mich erwartet.
Weiß nicht, was kommen wird.

Es wird kühl und kühler.
Tief und tiefer sinke ich.
Völlige Dunkelheit umgibt mich.

Sie raubt mir meine Sinne.
Entwendet mir mein Zeitgefühl.
Hier zählt rein gar nichts mehr.

Nur mein Sein.
Hier löse ich mich von allen Schleiern.
Lege ab – Schicht für Schicht.

Völlig nackt und schutzlos gleite ich hinab.
Bis zum tiefsten Punkt in mir.
Ergebe mich meinem Sein.
Und als alles losgelöst,
wirklich alles abgelegt – zerbirst etwas in mir.

Ein Urknall, tief in meinem Sein.
Ich explodiere von innen heraus.
Zerbreche.
Zerberste.
Zerfalle.

Hier geschieht tiefste Heilung.
Tod und Geburt zugleich.
Die Teile formieren sich neu.
Zu etwas Wunderbarem, ganz tief in mir.

Etwas, was schon immer war.
Nur nicht gesehen.
JA, es bedarf der Zerstörung,
um neugeboren zu werden.

Die Fragmente verbinden sich neu.
Verknüpfen sich mit uraltem Wissen.
Hier gebäre ich neu.
Mich selbst.
Mit allen Teilen, die schon vorher waren.
Doch neu gefunden und nun neu geformt.

Glitzernde Lichtfunken tanzen durch das Wasser.
Beleuchten mich völlig neu.
Umfluten mich mit tiefem Ozeanblau.

Vorsichtig gleite ich in den Fluten,
um Altes neu zu entdecken.
Mich erneut kennenzulernen.
Immer schneller und fließender
wird mein Gleiten.
Bis ich wieder auftauche –
in völlig neuem Gewand.

Ich springe freudig aus dem Wasser.
Bin zutiefst genährt.
Ich bin wieder hier –
durch mich selbst neugeboren.

Folge deinem Ruf

So ähnlich und doch ganz anders erlebte ich dies damals.

Es war vergleichbar mit einem glitzernden Traum einer magischen Nacht. Wie ein Urlaub in fernen Dimensionen, von dem ich tief gewandelt zurückgekehrt war. Durch diese Reise konnte ich längst vergessene und beiseite geschobene Aspekte von mir selbst erkennen und nach und nach wieder integrieren. Es fühlte sich an, wie eine Neugeburt des Phönix, der sich selbst im Feuer gebiert, um wieder neu aufzusteigen. Und das war es vermutlich auch.

Nicht ein einziges Mal habe ich es bereut, diesem Ruf gefolgt zu sein. Dem Locken meines inneren Kindes nachgegeben zu haben. Mich dem Unbekannten hingeben zu haben. Es war das Beste und Wahrhaftigste, was ich machen konnte! Das Beste für mich, mein Leben und meine Seele.

Je öfter ich danach in meine Seelenheimat reiste, desto mehr konnte ich mein Inneres befreien und wieder ich selbst werden. So fühlten und fühlen sich diese Reisen, mehr und mehr wie wahrhaftige Heilreisen nach innen an.

Immer noch höre ich in aller Deutlichkeit die Stimme von Großmutter Wal in mir.

»Dem Seelenruf zu folgen, heißt für dich, einzutauchen in dich selbst. Dem Ruf und allem, was daraus folgt, zu vertrauen. Danach zu handeln. Danach zu leben.«

Und für dich wird es nun ebenfalls Zeit, voranzuschreiten. Nach innen zu gehen. Zu dir und deiner Seelenheimat.

Auch du wirst nun aufgefordert, dich deinem Seelenmeer hinzugeben! Der Einladung deines inneren Führers, deiner inneren Führerin zu folgen. Eine Entscheidung zu treffen, Mut aufzubringen und dann abzutauchen. In deine innere Welt, der Heimat deiner Seele!

Bist du bereit?
Diesem Ruf zu folgen, der auf so unterschiedliche Art und Weise erfolgt?

Der für jeden völlig anders und so ganz besonders ist. Der Ruf, der dich durch unterschiedliche Wesen in deinem Leben erreicht.

Sei dir gewiss, deine Seele wird genau den Gefährten schicken, der in bestimmten Situationen und Lebenslagen für dich am besten passt. Davon kannst du vertrauensvoll ausgehen.

Es werden, wie durch Zauberhand, alle wirklich benötigten Dinge auftauchen. Lerne zu vertrauen und dich völlig hinzugeben. Wisse: Das Leben sorgt für dich – es ist immer auf deiner Seite. Auch wenn du das manchmal kaum glauben magst. Zum Beispiel, wenn dir nicht so viele scheinbar positive Dinge widerfahren. (Doch auch dies hat dann immer einen triftigen Grund!)

Deine Seele nimmt dich an der Hand. Sie führt dich. Du darfst ihr einfach folgen und lernen, den Botschaften aufmerksam zuzuhören.

Folge auch du dem Meermädchen in dir und kehre nach Hause zurück.

Folge auch du dem Wesen, dass dir begegnen wird, und tauche in deine wahre Heimat ein. Sei gespannt auf deinen weisen Gefährten, wer auch immer sich zeigen wird.

Folge auch du dem faszinierenden Ruf des Meeres und lass dich in deine innere Heimat zurückführen!

Frischer Wind weht

Ich fühlte mich damals so, als wäre ich vollständig auseinandergenommen und wieder völlig neu zusammengesetzt worden. Alles an mir war verändert. Mein Denken, meine Annahmen, mein Glauben, mein Fühlen – mein gesamtes System.

Mit diesem Wissen und den Erfahrungen in mir war es mir unmöglich geworden, dort, wo ich aufgehört hatte, weiterzumachen. Ich konnte einfach nicht mehr ins Büro gehen und in mein altes Leben zurückkehren. Ich konnte nicht mein Leben weiterleben und so tun, als wäre nichts passiert. Das wäre eine glatte Lüge gewesen – unecht und unehrlich. Nein, ich wollte mir kein Leben mehr umstülpen, das mir zu eng geworden war und in dem es hinten und vorne einfach nicht mehr für mich stimmte.

Mir war nach all dem klar geworden, dass ich es war, die es zu ändern hatte. Niemand anderes sonst konnte das machen. Auch wenn mir das, zugegebenermaßen, manchmal wirklich lieber gewesen wäre. Aber nun war ich endlich bereit dazu.

So tat ich es – ich stellte mein Leben um.

- Ich veränderte meine Jobsituation.
  Ich konnte nicht länger bleiben, ohne mich selbst zu verlieren. Und diesen Preis wollte ich nicht länger bezahlen. Und letztlich ging es einfacher, als ich gedacht hatte.

- Mehr und mehr fand ich heraus, was mir wirklich wichtig war und welche Werte ich leben wollte.

- Ich begann meine Ernährung umzustellen und achtete zunehmend auf Nahrungsmittel, die meinem Körper und meiner Seele wirklich guttaten.
  Ich setzte mich mit Heilkräutern und Wildpflanzen auseinander, baute sie mehr und mehr in meinen Speiseplan mit ein. Sie schmecken so viel besser als gedacht!
  Ich hinterfragte viele herkömmliche Lebensmittel

und -weisen und fand nach und nach heraus, was mir selbst guttat. Mir wurde immer klarer, wie wichtig eine gesunde Ernährung als Pfeiler für einen gesunden Körper ist. Wie essenziell der harmonische Ausgleich zwischen Körper, Geist und Seele ist.
Ich hatte es davor nicht für möglich gehalten, mich so gut fühlen zu können!

- Ich sah zu, dass Bewegung in mein Leben kam. Ich war früher leidenschaftlich faul gewesen. Aber nun begann ich sogar Sport zu machen. Gut, ich gebe zu, das war nicht so einfach, denn ich war einfach nie der Typ für ein Fitnesscenter gewesen und so probierte ich einfach einiges aus und baute mehr Bewegung in mein Leben ein. Ich begann mich für Yoga und Qigong zu öffnen, viel spazieren und wandern zu gehen. Ich bemerkte, viel in der Natur zu sein, tut mir richtig gut!
  Dies hatte noch einen wundervollen Vorteil und zauberhaften Effekt: Ich war in der Natur, im Wald, immer auch verbunden mit Mutter Erde und den vier Elementen. Und dabei blieb ich bis heute. Ich merkte, wie gut es mir tat und wie sehr ich dadurch auftankte und profitierte. Auf körperlicher, geistiger und auch seelischer Ebene.

Probiere du es auch aus!

Schritt für Schritt ging ich vorwärts und veränderte meine Lebenssituationen. Nicht alles ging gleich schnell und nicht alles klappte gleich gut. Ja, natürlich gab es auch Rückschritte und Zeiten, in denen es mir nicht schnell genug ging. Ganz klar. Nicht aufgeben, war – und ist – meine Devise. Ich ließ mich nicht beirren. So ging ich vorwärts, Schritt für Schritt.

Und es passierte, was passieren musste:

Mein Leben veränderte sich. Und zwar völlig. Halleluja!

Erst als ich verstanden hatte, wie überlebenswichtig dieses zyklische, innere Eintauchen ist, konnte ich mein Leben dadurch verändern. Ich lernte meine innere Heimat kennen, kehrte immer wieder nach Hause zurück und fand nach und nach Wege, um dies regelmäßig zu tun.

Und genau dieses zyklische Heimkehren, bei dem ich viel Seelennahrung zu mir nahm, löste meine dumpfe Traurigkeit auf. Sie ging einfach weg. Auch mein inneres Erstarren. Ich brauchte diese Gefühle nicht länger.

Und wenn sie doch mal wieder an meine Tür klopfen, weiß ich inzwischen sofort, was ich zu tun habe. Ich habe gelernt, auf dieses innere Bedürfnis, diesen Ruf, zu hören.

Jetzt bist du dran!

Ich habe dich nun ein Stück weit mitgenommen, auf eine meiner Reisen.

Wie ging es dir damit?

Was fühltest du dabei?

Und welche Gedanken und Wünsche tauchten bei dir auf?

Frage nicht nach Orten.
Frage nicht nach Zeiten.
Frage nicht, wie es reinpassen könnte.
Frage nicht, wie es gehen könnte.

Frage dich besser: Wohin ruft es dich?
Frage dich besser: Was nährt dich
und deine Seele?
Frage dich besser: Was brauchst du gerade?
Frage dich besser: Hörst du deinen Ruf?

TEIL 5

Reiseplanung Seelenheimat

Zugegeben, ich habe eine kleine Schwäche für Checklisten und Ähnliches. Sie geben mir im Vorfeld wohl ein gutes Gefühl. Auf diese Art und Weise beschäftige ich mich mit dem jeweiligen Thema und tauche (ohne es wirklich zu merken) tiefer ein. Also mache ich es einfach und denke nicht mehr länger darüber nach.

Demzufolge habe ich dir hier ein paar Informationen für die Reise in deine Seelenheimat zusammengestellt. So bist du wunderbar gewappnet und gut gerüstet. (Und du hast eine Ausrede weniger.) Jetzt gibt es wirklich gar keine Ausflüchte oder fadenscheinige Begründungen mehr für dich doch nicht abzutauchen.

Also, los geht's!

Checklisten & Orientierungspunkte

Packliste

- dein innerer Ruf
- etwas, viel oder ganz viel Sehnsucht
- eine fette Portion Vertrauen
- einen großen Brocken Mut
- eine Prise Neugier
- Zeit für dich
- ein offenes Herz
- Vorfreude, deine Seele zu treffen

Ticket

- dein innerer Kompass wird dich führen

Transportmittel

- Spaß, Freude, Hingabe, Zustand des »Sich-Vergessens«

Mache etwas, von dem du weißt, dass es dir Spaß macht. Großen Spaß!

Wähle eine Tätigkeit, in der du versinken kannst, bei der du Zeit und Raum vergisst. Malen, schreiben, singen, musizieren, trommeln, basteln, kochen, meditieren. Gehe in die Natur, bade, sonne dich, beobachte die Blätter im Wind, die Wolken, das Rauschen der Blätter im Wind, das Wiegen der Grashalme. All dies, können deine Transportmittel sein. Sie sind dein Auto, dein Bus, deine Bahn direkt in deine Seelenheimat.

Reisezeit

- jederzeit

Deine Sehnsucht treibt dich schnurstracks nach Hause – wenn du ihr nachgibst. Deine Sehnsucht zeigt dir ohne Umschweife an, wann es für dich nach Hause gehen soll. Gib ihr nach. Folge deinem Impuls.

Reisedauer

- So lange, du willst und so lange, du es brauchst.

Kosten

- dein JA zu dir selbst
- (d)eine Entscheidung

Triff innerlich die Entscheidung, in dein Seelenmeer reisen zu wollen. Allein deine Absicht wird dir Türen öffnen und Wege ebnen, die dir helfen dorthin zu gelangen. Vertraue!

Vorbereitungen

- Erschaffe dir eine Umgebung, in der Zeit und Raum nicht mehr von Belang sind. Lasse dich fallen. Innerlich. Tauche ein – in dein Seelenmeer.
- Seelenstille – gehe in die Stille.

Lasse es ruhig werden, in dir und um dich herum. Auch wenn du singst oder trommelst, wird es ruhiger werden. Ganz friedlich und leise wird es werden – in dir drin. Halte dies aus. Diese Stille brauchst du, um deine Seele zu hören, um die wunderbare (manchmal leise und sanfte und manchmal durchaus laute und pulsierende) Melodie deiner Seele zu hören.

Gut zu wissen

- Deine Seelenheimat ist kein bestimmter Ort oder ein eindeutig definierter Platz. Nein. Es ist ein Seinszustand.
- Folge immer deinem inneren Gefühl, deinen Impulsen und deinen inneren Gefährten.

Reiseziel

- Lasse dich führen.

Dein Herz ist dein Kompass.
Deine Seele dein Leitstern.

Heilige Regeln

- Halte alles für möglich.
- Urteile und bewerte nicht mit deinem Verstand, frage stattdessen dein Herz.
- Gehe Hand in Hand mit deinem inneren Kind durchs Leben.
- Fliege wohin du willst und so hoch du nur kannst!
- Fließe mit deinem Leben!
- Brenne für deine Träume!
- Befeuere deine Visionen!
- Nähre dich und deine Seele!

Merkmale von Seelenheimatreisenden

Bist du vielleicht neugierig zu wissen, wie sich Seelenheimatreisende mit der Zeit verändern? Sich selbst und auch ihr Leben?

Du spürst instinktiv, wenn du solch einen Menschen gegenüber hast. Du merkst es an seinem Reden, an seinen Handlungen, an seiner Ausstrahlung. Und wenn du sein Leben siehst, wirst du auch dort bestimmte Merkmale, die alle innehaben, bemerken:

- Diese Menschen nehmen ihre innere Sehnsucht immer sehr ernst – sie wissen, dass dieses Verlangen oftmals als Weckruf dient.
- Sie entscheiden sich b e w u s s t dazu, in ihre Seelenheimat zu reisen.
- Sie haben den Mut und das Vertrauen, hinab- und

einzutauchen. In ihr Seelenmeer, ihre innere Heimat. Immer wenn sie das Gefühl haben, sie brauchen eine Auszeit, eine Seelenheimatreise, dann ist es auch so. Und danach richten sie sich aus – sich und ihr Leben.

- Sie reisen lieber zu oft als zu wenig.
- Sie nähren sich.
- Sie heilen sich.
- Sie fragen alles, was sie wollen, denn sie wissen, dass sie dort Antworten finden.
- Sie genießen ihre Zeit in ihrer inneren Heimat in vollen Zügen.
- Sie vertrauen ihrer Intuition bedingungslos.
- Sie folgen ihren Impulsen.
- Sie halten alles für möglich.
- Sie tauchen tief und fliegen hoch.
- Sie lachen, bis sie weinen oder ihnen der Bauch weh tut.
- Aber sie schreien auch, wenn ihnen danach ist. Manchmal in ein Kissen (bitte danach auslüften), in ihren Autos (Fenster danach öffnen, nicht vergessen) oder im Wald. (Bitte den Wald vorher um Erlaubnis. Achte den Wald wie ein Lebewesen, denn genau das ist er!)
- Sie lieben mit ihrem ganzen Herzen.
- Sie gehen respektvoll und achtsam durch das Leben.
- Sie achten Mutter Erde mit all ihren Lebewesen, Tieren und Pflanzen.

- Sie sind gut zu anderen Menschen und zu sich selbst.
- Sie erinnern sich mehr und mehr der kosmischen Gesetze und leben danach.
- Sie achten auf Ausgleich und Balance auf allen Ebenen in ihrem Leben.
- Sie übernehmen Selbstverantwortung – für sich und ihr Leben.
- Sie wissen, um ihre eigene Wichtigkeit hier auf diesem Planeten. (Jeder hier ist wichtig, denn jedes Seelenlicht, das leuchtet, bedeutet Veränderung für die Welt!)
- Sie wissen, um ihre Einzigartigkeit.
- Sie wissen, dass wir alle miteinander verbunden sind.

Nachtrag

Fliege so hoch, wie du nur kannst.
Tauche so tief, wie es geht.
Tanze verträumt mit dem Wind.
Verschmelze in Einigkeit mit dem heiligen Feuer.
Vertraue darauf, denn auf diesen Wegen,
entfaltet sich der göttliche Segen.

Warum ich dieses Buch schrieb

Weil ich gerne meinen Teil dazu beitragen möchte, diese Welt (wieder) ein Stück »besser« zu machen.

Zu einem Ort, der ursprünglich ein so wundervoller Raum ist, wo wir alles haben, was wir brauchen, um darin zu leben. Und noch so viel mehr!

Wir Menschen scheinen so vieles, worauf es wirklich ankommt, vergessen zu haben. Warum wir hier sind und wie wir uns und alle Lebewesen behandeln sollten.

Zu genau dieser Erinnerung tragen innere Seelenheimatreisen bei. Hier finden wir zu uns selbst zurück. Hier verbinden wir uns wieder mit unserer wahren Natur und unserer Seele.

Und genau deshalb, finde ich es so wichtig, regelmäßig unsere Seelenheimaten zu bereisen.

Tief in meinem Herzen weiß ich, wir wären friedlichere Geschöpfe. Wir würden viel feinfühliger leben und liebevoller miteinander umgehen. Mit uns und im täglichen Miteinander mit allen fühlenden Lebewesen.

Wenn wir wieder seelenverbundener wären, würden wir uns besser spüren und achtsamer nähren. Wir würden wieder fühlen, was (uns) *wirklich* wichtig ist auf dieser Welt.

Es gäbe kein achtloses Ausbeuten von Mutter Erde und den wunderbaren Tierseelen. Wir wären wieder mit allen und allem verbunden! Klingt das nicht einfach wundervoll?

Mit diesem Buch möchte ich gerne aufrütteln, uns wieder zu erinnern. Lasst uns gemeinsam wieder erinnern und erkennen, wie verbunden wir alle miteinander sind. In solch einer Verbundenheit wäre es uns gar nicht möglich andere auszunutzen oder gar zu verletzen.

Wenn wir mit unserem Selbst tief verbunden sind, dann verletzen wir nicht, dann beuten wir nicht aus und sind nicht länger oberflächlich. Dann fügen wir keinem anderen Lebewesen etwas zu, das wir selbst nicht wollen. Wir sind dann von Liebe durchdrungen und werden wahrhaftig sein. Danach leben. Und handeln.

Deshalb ist es mir eine Herzensangelegenheit, mit Worten und Taten, zu inspirieren und motivieren. Menschen zu berühren.

Tief innen drin, damit sie ihren Seelenruf (wieder) hören und in ihre Seelenheimat eintauchen.

Mehr und mehr. Sich nicht nach außen wenden, sondern zu sich selbst – in ihre innere Welt!

Noch eine liebevolle Warnung

Wenn du regelmäßig in dein Seelenmeer eintauchst und dich dort aufhältst, wirst du beginnen dich zu verändern. Völlig unabhängig davon, ob du das willst oder nicht. Es wird passieren. Dein Leben wird nicht mehr dasselbe sein, wie es jetzt ist.

- Deine Energie wird sich anheben. Und zwar deutlich. Dein Energiefeld wird mit der Zeit beträchtlich höher schwingen. Und durch diese veränderte Resonanz wird sich dein Leben neu ausrichten.

- Es kann sein, dass sich manche Menschen aus deinem Leben verabschieden und neue Menschen einfinden. Das ist auch bei mir einige Male so geschehen.

- Du wirst noch nicht da gewesene Situationen und wunderbare, neue Lebensumstände wahrhaftig anziehen – wie ein Magnet. Bitte anschnallen, dein Lebenszug nimmt Fahrt auf!

- Du wirst viel entspannter sein und vieles gelassener sehen. Du wirst mit anderen Menschen noch besser kommunizieren können. Du wirst dein Leben aktiv in die Hand nehmen.

- Du wirst mehr und mehr deinen Seelenplan erkennen und auf deinen Seelenweg wechseln (sofern du noch nicht dort bist). Nichts fühlt sich besser und stimmiger an als das!

Wenn du also möchtest, dass sich nichts ändert, dann lege am besten dieses Buch schnell wieder weg. Oder noch besser, verschenke es! (Dann haben wenigstens andere etwas davon und es wäre achtsamer mir gegenüber.)

Wenn du aber bereit für Veränderung bist und offen für Wandlung in deinem Leben, dann gehe auf Reisen. Nach innen. Besuche regelmäßig deine innere Heimat – deine dir innewohnende Seelenheimat.

Lasse uns gemeinsam in magische Welten abtauchen und andere anstecken, es uns gleichzutun.

Also, auf geht's!
Wir sehen uns…

Dankbar ich bin

Ich bin so dankbar, dass dieses Buch mich gerufen hat, um es zu schreiben. Wundervoll war es, hier einzutauchen. Ich bin dankbar für die Hilfe der geistigen Welt und meiner Seelenführer.

Mein größtes »Danke« gilt meinen Seelenfreund »K****«. Ohne dich würde es dieses Buch nicht geben. Du warst es, der mir den Auftrag überbrachte, mir Inspiration gab und mich immer wieder anstupste, es auf die Welt zu bringen. Du hast mich nie aufgegeben. Ohne dich hätte ich es nie begonnen zu schreiben und ohne dich hätte ich es wohl auch nie zu Ende gebracht. Danke für deine so wundervolle Hilfe, dieses Baby auf die Erde zu bringen. Herzensdanke!

Danke an Thomas, den wundervollen Mann an meiner Seite. Mein Herzensmensch du bist. Ich danke dir so sehr für deine immerwährende Ermutigung weiterzumachen und für deinen unerschütterlichen Glauben an mich. Deine Liebe und dein Sein geben mir unendlich Kraft. Ich danke dir für deine Liebe und für dich. Herzensdanke – ich liebe dich sehr!

Danke an all die wundervollen Wesen und lieben Menschen um mich, die mich inspirieren, mir Kraft geben und mich nähren. Herzensdanke!

Danke an all die Angst machenden Wesen und »Arschengel«, die mich triggern und mir aufzeigen, wo ich hinsehen soll. Ihr seid es, die mich vieles erkennen lassen und meine Weiterentwicklung immer wieder fördern. Ohne euch wäre ich auch niemals da, wo ich jetzt bin. Herzensdanke!

Und ein großes und beherztes Danke an DICH, liebe Leserin, lieber Leser! Danke, dass du in Resonanz mit meinem Buch gegangen bist, dir die Zeit genommen hast, diese Worte zu lesen und dich berühren hast lassen. Von den Worten zwischen den Worten und all der Magie, die immerwährend zwischen den Zeilen wirken mag.

Danke, dass du auch dafür offen warst und es immer noch bist.

Danke, dass du bereit bist für Veränderung.

Und damit sich der Kreis nun schließen möge – einen tiefen HERZENSDANK an dich geliebtes Meermädchen!

Danke. Danke. Danke.

Von Herz zu Herz, von Seele zu Seele.

»Tachea me wa.«

Denn tief in dir,
existiert ein Ort,
an dem du einfach bist.

Wo du dich mit deinem eigenen Wesen verbindest.
Wo du dich mit deiner Wahrhaftigkeit entdeckst.
Wo du dich selbst wieder findest.

Es ist ein Ort,
an dem du den Zugang zu deiner Seele findest.

Tief in dir,
existiert dieser Ort –
an dem du einfach bist!

Autorenvita

Belinda K. Zeisel, geboren 1972 in St. Nikola an der Donau im mystischen Strudengau (OÖ), wohnt mit ihrem wundervollen Mann im charmanten Wien.

Sie hat eine Schwäche für Schokolade, verliert sich gerne in Tagträumereien und verehrt in höchstem Maße das Meer.

Und sie mag es zu reisen. Ganz besonders in ihre eigene innere Welt. Denn dort konnte sie finden, was sie schon ihr ganzes Leben lang gesucht hatte – sich selbst.

Schon als Kind liebte Belinda K. Geschichten zum Einschlafen und jetzt als Erwachsene – zum Aufwachen.

So fühlt sie sich vom Leben gerufen Seelengeschichten zu weben, um Menschen an ihre Verbundenheit zu sich selbst und zur Natur (wieder) zu erinnern.

Ihre Überzeugung: »Geschichten wohnt die Macht inne, sich selbst zu finden und heilende Seelenmedizin zu kreieren.«

Mehr Informationen unter: www.belindazeisel.com

Notizen und Impulse